HUGUES I~~~~~

Johannès Brahms

Sa vie et son œuvre

Préface d'Édouard SCHURÉ

PARIS

LIBRAIRIE FISCHBACHER

SOCIÉTÉ ANONYME

33, RUE DE SEINE, 33

1906

JOHANNES BRAHMS

SA VIE ET SON ŒUVRE

OUVRAGES DE HUGUES IMBERT

EN VENTE

A LA LIBRAIRIE FISCHBACHER, 33, RUE DE SEINE, A PARIS

JOHANNÈS BRAHMS

RÉDUCTION DE L'EAU-FORTE ORIGINALE DE W. UNGER

HUGUES IMBERT

Johannès Brahms

Sa vie et son œuvre

PRÉFACE D'ÉDOUARD SCHURÉ

PARIS

LIBRAIRIE FISCHBACHER

SOCIÉTÉ ANONYME

33, RUE DE SEINE, 33

1906

A LA MÉMOIRE

DE

JOHANNÈS BRAHMS

A celui qui, l'un des premiers en France,

comprit la grandeur de l'œuvre de Johannès Brahms,

A mon ami M. Leblanc–Duvernoy,

Cordial hommage.

PRÉFACE

———

Au début de notre amitié, il y a de cela environ quinze ans, Hugues Imbert et moi, nous avions l'habitude de faire, tous les printemps, une excursion dans la forêt de Fontainebleau. Un jour que nous faisions halte dans les gorges d'Apremont, où il aimait à grimper sur quelque roche sauvage, après avoir cueilli une ample gerbe de fleurs rares, mon compagnon, toujours alerte et causeur, me confia un détail curieux sur ses origines ancestrales. Son grand-père fut général sous Napoléon Ier. Au cours d'une de ses rudes campagnes, il rencontra une jeune fille allemande qu'il enleva à son foyer et qui devint sa femme. De cette idylle entre deux batailles est née la famille prospère qui vient de perdre en Hugues Imbert un de ses membres les plus distingués. Comme il me contait cette histoire, je lui dis :
— « C'est peut-être de cette aïeule du pays de Werther et de Charlotte que vous vient votre passion pour la musique allemande ? » — A ces mots, il devint pensif ; ses yeux souriants prirent une expression rêveuse, et, montrant de son bras étendu le vaste horizon de forêts, il s'écria : — « Oui, c'est possible. J'ai toujours eu la nostalgie de l'Allemagne romantique. »

Cette Allemagne, il ne la connaissait guère qu'à travers la musique, mais celle-ci le possédait entièrement. Son *père lui avait enseigné le violon, dans un âge très tendre. Les quatuors de Haydn, de Mozart et de Beethoven, qui bercèrent sa jeunesse, donnèrent à son éducation musicale une base solide. Entré dès l'âge de 21 ans dans l'administration, il n'en suivit pas moins avec ardeur le mouvement artistique et se voua tout entier, dès que ses loisirs le lui permirent, à la critique musicale. Du tempérament français, il avait le sang vif, l'entrain bondissant et ce sentiment chevaleresque qu'il apportait dans la littérature comme dans l'amitié. Mais il semblait vraiment que, pareille au Puck de Shakespeare, dans le Songe d'une nuit d'été, la fée inquiète et fantasque du romantisme allemand (fée aujourd'hui bien démodée, de l'autre côté du Rhin) eût promené sur sa tête sa petite fleur bleue et secoué dans son cerveau quelques gouttes de sa rosée capiteuse. Hugues Imbert ne donna qu'une attention distraite à l'astre fulgurant de Wagner qui montait à l'horizon après 1870 ; mais Schumann, le tendre songeur, le mystique passionné, le plus romantique des musiciens allemands l'avait enchanté. Il a écrit sur lui des pages émues et vibrantes. Après Schumann, ce fut le tour de son disciple et successeur, Brahms. Lorsqu'il parlait de ces deux maîtres, son œil bleu s'illuminait, et sa voix prenait un accent solennel, impératif. On sentait que c'était ses dieux lares et qu'ils constituaient la religion de son cœur. Je me souviens encore de l'émotion touchante et de la joie naïve où je le vis, au retour d'un voyage à Bonn, où il s'était rendu pour y trouver les souvenirs encore vivants de Schumann, mort près de là, au village d'Endingen, dans une maison de santé. Il avait eu la chance de rencontrer un religieux qui avait soigné Schumann à ses derniers moments. Malheureusement, Imbert ne sachant pas l'allemand et le religieux ignorant le français, on avait eu de la peine à*

s'entendre. Finalement, les deux interlocuteurs s'avisèrent
de parler latin, et, malgré la difficulté de s'entretenir de l'auteur de Manfred, dans la langue de Cicéron, ils devinrent
en quelques minutes les meilleurs amis du monde. On ne se
sépara qu'avec peine, après s'être embrassé en Schumann.
Faire comprendre et aimer en France Schumann et Brahms
devint en quelque sorte la vocation de Hugues Imbert. Il les
prêchait à ses amis compositeurs, virtuoses ou dilettantes.
Il organisait des concerts composés de leur musique. Chanteurs et chanteuses venaient s'initier auprès de lui à leurs
beautés. Ses articles, ses livres, appuyés de sa parole et de
son action infatigable, ont contribué pour une bonne part
à ouvrir l'intelligence de nos compatriotes aux deux musiciens les plus intimes peut-être et les plus religieux de
l'Allemagne au XIXe siècle.

Depuis l'année 1894, Imbert était devenu le rédacteur en
chef (pour la France) du Guide musical, poste qui lui avait
été confié par M. Maurice Kufferath, l'éminent directeur
du théâtre de la Monnaie à Bruxelles, écrivain de marque
comme on sait, et critique musical de premier ordre. Imbert
remplissait cette tâche avec un zèle et un talent auquel tous
rendaient hommage. Il y a un mois (le 16 janvier 1905),
la mort l'enlevait subitement à sa tâche et à ses amis. Dans
ses papiers, on a trouvé le manuscrit complètement achevé
d'un livre sur Johannès Brahms : l'Homme et l'Œuvre.
Ce livre, qui fait l'objet de la présente publication, est en
quelque sorte son testament. Depuis des années, il en ras-
semblait les éléments avec un soin minutieux. On y trouvera
ses meilleures qualités, l'exactitude et l'ampleur des infor-
mations, une critique élevée et impartiale, l'enthousiasme
profond pour son sujet, enfin ce talent de portraicturer ses
modèles d'un crayon sûr et léger, qui a fait de lui le pastel-

liste des musiciens d'aujourd'hui. Le frère du défunt, M. Albert Imbert, fin connaisseur en musique et violoncelliste distingué, a bien voulu me charger de présenter ce volume au public.

J'avoue que la tâche m'embarrasse un peu, car, si j'admire Brahms par endroits, je ne suis pas, comme notre regretté ami, un converti de sa musique, et mon initiation insuffisante ne saurait prononcer sur lui un jugement définitif. Je me contenterai donc de noter quelques-unes des impressions que me firent ses œuvres. Ce que mon appréciation aura de subjectif et d'incomplet fera comprendre d'autant mieux tout le prix du livre de Hugues Imbert, qui éclaire le maître par tous les côtés et à fond.

J'appris à connaître Brahms, il y a des années, par ses Lieder, *qui sont peut-être les plus brillants joyaux de son œuvre. La voix charmante d'une femme, musicienne dans l'âme et artiste dans toutes ses fibres, me les chantait fréquemment et m'en détaillait les beautés secrètes, multiples et chatoyantes. Il y avait là, sous une forme sévère et toujours chaste, de la profondeur et du rêve, de hautes envolées, une noblesse parfaite avec une fréquente aspiration à la majesté, une poésie subtile, enfin des nouveautés rares dans les harmonies et les contrastes savants de la voix et de l'accompagnement. On y reconnaît le disciple de Schumann, mais un disciple indépendant, génial et novateur. Pourtant, faut-il l'avouer, jamais je n'éprouvais, à l'audition d'un lied de Brahms, cette émotion spontanée et poignante que nous donne si souvent l'auteur de* Amour de Poète *et de* Amour et Vie de la Femme. *L'âme suivait à distance l'esprit ébloui. Le cerveau vibrait ; le cœur n'était qu'effleuré. C'était un art plus intellectuel qu'émotionnel, mais, après tout, un art comme un autre.*

A la première audition de je ne sais plus quelle symphonie de Brahms, je fus frappé davantage de ce qu'il y a d'un peu artificiel et voulu dans sa musique. Technique de premier ordre, harmonie riche, instrumentation hors ligne, très supérieure à l'instrumentation terne et sans perspective de Schumann. Mais le sens de ces timbres, mais le but de ces motifs m'échappait. Un phénomène singulier, dont je suis loin de vouloir faire une règle pour les autres et qui dépend d'une particularité de ma nature, m'a parfois servi de pierre de touche pour la musique instrumentale. J'imagine que les musiciens de profession trouveront ce diapason ridicule et j'ignore sa valeur ; mais il est pour moi la source des émotions les plus merveilleuses, et m'a fait comprendre dans une certaine mesure le phénomène de l'extase. Lorsque la musique instrumentale m'émeut, elle crée en moi une succession d'images lumineuses qui sont en général de la plus idéale beauté, et cela sans le concours de ma volonté, d'une manière immédiate, impétueuse, envahissante. Des paysages défilent, des figures humaines surgissent, des scènes dramatiques se déroulent comme au coup d'une baguette magique. La fantasmagorie mouvante et animée dure autant que l'émotion. Quand celle-ci faiblit ou cesse, les images se brouillent et disparaissent. Eh bien, en écoutant les symphonies de Brahms, je me trouvais en présence d'un édifice harmonique construit selon toutes les règles, admirable sans doute, mais je n'étais pas ému, et je ne voyais rien. Cela me semblait de la musique abstraite.

Quand je faisais part d'impressions analogues à mon ami Hugues Imbert, je voyais une ombre passer sur son front serein et un chagrin profond, une sorte d'angoisse obscurcir son œil si limpide et si bon. Alors, comprenant que je l'affligeais, et me sentant d'ailleurs un profane, je

1*

me taisais et le laissais me réfuter victorieusement. On trou-
vera dans ce beau livre ses arguments judicieux et sa défense
éloquente de Brahms symphoniste.

Mais je ne veux pas trop me calomnier, car, j'eus, à
propos de Brahms, une sorte de révélation. Imbert l'eût appe-
lée volontiers mon chemin de Damas, et je l'appellerais moi-
même de ce nom, si la foi entière l'eût suivie. Elle m'inspira
du moins pour ce maître discuté le respect et l'admiration.
Le 24 mars 1891, la société de chant L'Euterpe, fondée et
dirigée par M. Duteil d'Ozanne, exécutait dans la chapelle
de Versailles le Requiem allemand. La partie de soprano
était tenue par la voix exquise et suave de Mme Louise Ott,
celle-là même à qui je dois d'avoir compris les plus beaux
Lieder de Schumann et de Brahms. Les autres soli, l'orchestre
et les chœurs furent excellents, la direction parfaite. J'eus le
sentiment de quelque chose de très haut et de très pur. C'était
le sérieux et presque la profondeur de Bach, dans une gravité
et une mélancolie propres à l'auteur et au génie douloureux
du XIXe siècle. Plus tard, Imbert me fit entendre, chez un
ami commun, un quintette et un sextuor de Brahms, remar-
quablement exécutés par le quatuor Parent et quelques
autres musiciens de choix. Lui-même faisait la partie du
second violon — avec quelle ferveur et quelle conviction ! Si
les symphonies m'avaient laissé froid, le quintette et le sex-
tuor me remuèrent et me secouèrent diversement. La musique
de chambre convient mieux à l'intimité et à l'intériorité de
Brahms que la grande symphonie. Celle-ci exige un inspiré,
un prophète, un héros parlant au peuple. Dans la première,
il nous suffit qu'une âme originale nous ouvre ses arcanes
par la magie des sons.

Brahms ne cessera pas d'occuper une place d'élite parmi
les musiciens de la vie intérieure. Il m'est impossible cepen-

dant de voir en lui, comme Hugues Imbert, « un continuateur
de Beethoven ». De Schumann ? Oui. De Beethoven ? Non.
Beethoven est un de ces géants que personne ne continue.
Qui est-ce qui a jamais continué la sonate en fa mineur, le
quatorzième quatuor ou la neuvième symphonie ? Brahms fut
un épigone qui sut être original dans les cadres
anciens. Ce fut, comme l'a dit excellemment M. Bellaigue,
« un conservateur de la forme classique allemande ». Son
double cacactère de sévérité et d'intimité ne contribua pas
peu à faire, pour un temps, de Brahms un chef d'école en
opposition avec la musique nouvelle. Et ici, je ne saurais
éviter de dire un mot de la longue et aigre querelle entre les
partisans de Brahms et ceux de Wagner. Cette querelle,
qui repose en réalité sur un malentendu, n'a passionné que
l'Allemagne; mais elle est un symptôme du temps, dont nous
pouvons tirer des conclusions intéressantes pour nous-mê-
mes.

Pendant les années où Richard Wagner livrait en Allemagne ses grandes batailles pour faire triompher sa réforme
théâtrale, tous les représentants de la tradition se rappro-
chèrent instinctivement pour essayer de lui barrer le chemin.
Après divers stratagèmes, ils finirent par se masser autour
de Brahms, le prirent pour drapeau et déclarèrent la guerre
en son nom au maître de Bayreuth. Au premier abord, le
fait semble étrange puisque l'auteur du Requiem allemand
n'a jamais touché au théâtre. M. Louis de Fourcaud en a
donné la raison évidente dans son remarquable article du
Gaulois (7 avril 1897), qu'on trouvera cité in extenso dans
ce livre, et qui résume spirituellement tout un chapitre de
l'histoire du théâtre en Allemagne. Citons-en le passage
le plus caractéristique : « Pourquoi plut-il à Brahms de
faire de Vienne, la ville où il s'était fixé, la grande Bastille

antiwagnérienne ? Parce que l'auteur de Tristan *faisait du théâtre, et qu'il ne faisait, lui, que de la symphonie, parce que l'auteur de* Tristan *ne se rangeait pas, même à la scène, aux idées cataloguées et que l'innovation s'attaquant aux idées mêmes le choquait. Brahms s'était posé en homme de tradition. Le mot* création *ne revêtait pour lui qu'un peu d'orgueil. Au fond, son esthétique n'était pas une doctrine, c'était une négation. Un groupe de critiques se serra à ses côtés ; on fit à Wagner une guerre acharnée. Des arguments théoriques, on descendit aux quolibets, aux anecdotes désobligeantes. Je suis loin de prétendre que le symphoniste éminent [et personnellement désintéressé fut coupable de tous ces méfaits. Seulement, il était le chef de la Bastille. »*

Dans ce groupe, on en était venu à décréter, en dépit de Fidelio, *du* Freyschütz *et de* Lohengrin, *que le genre opéra était forcément un genre inférieur et une profanation de la musique ; que celle-ci, pour conserver sa noblesse et rester fidèle à sa mission, devait se renfermer strictement dans l'oratorio et dans la symphonie. Les partisans exclusifs du concert prononçaient la déchéance irrémédiable du théâtre pour rendre d'avance impossible le drame musical. Esthétique d'envieux, philosophie d'eunuques intellectuels et d'ascètes forcés, pour cause d'impuissance. Brahms avait trop d'esprit pour ne pas s'en douter , mais il est toujours agréable d'être chef d'école, surtout quand on n'a pas à combattre en personne. Quoiqu'il comprît la grandeur de Wagner, il se laissa faire, regardant avec complaisance la bataille du haut de sa tour d'ivoire. On en sait le résultat. Brahms, n'étant mort qu'en 1897, dut assister à la complète victoire de son adversaire. Vienne même ne fut pas épargnée par le débordement de la musique dionysiaque, redoutée de son puritanisme, et l'éclatant triomphe du drame musical fut trop universel pour ne pas être définitif.*

Quant à l'aversion très sincère de Brahms pour la musique de théâtre, elle s'explique par son tempérament. J'en trouve la raison dans un trait frappant de sa nature d'homme. Ses intimes assurent que ce célibataire obstiné ne fut un ascète qu'en musique. Mais, particularité frappante, non seulement il n'éprouva jamais un véritable amour, mais on ne lui connaît pas un seul attachement sérieux. L'aversion, ou plutôt la crainte de Brahms devant la femme et devant l'opéra sont deux phénomènes parallèles et presque identiques. Ils proviennent de sa crainte de la vie pleine et entière, avec ses luttes et ses périls, avec ses joies et ses souffrances. Un mot de lui rapporté par son ami intime, le célèbre critique viennois Hanslick, qui représente un peu le Philistin classique, nous donne la clef de sa nature, et nous éclaire sur ses lacunes. Hanslick lui ayant demandé, un jour, pourquoi il ne s'était pas marié, Brahms répondit : « *Il en est du mariage comme des opéras. Si j'avais une fois composé un opéra, qu'il réussît ou non, je ne penserais plus qu'à en composer un autre. Mais je n'ai pu me décider ni à un premier opéra ni à un premier mariage.* » *Sage prudence, si l'on veut, mais aussi limite fâcheuse pour l'homme comme pour l'artiste, qui confina Brahms dans le rêve et dans l'abstraction.*

Pourquoi donc l'école de Vienne, dont Hanslick fut l'oracle, n'a-t-elle plus pour nous qu'un intérêt historique et rétrospectif, tandis que la vraie jeunesse de tous les pays s'est tournée vers Wagner comme vers un pionnier de l'avenir, debout sur la brèche des vieux remparts écroulés et brandissant l'oriflamme de la victoire ? C'est que l'école de Vienne était, vis-à-vis de l'art vivant et complet, l'école de l'absti-

nence. *Elle disait à ses adeptes :* « *Si vous voulez rester purs, n'allez pas au théâtre, où tout est danger, souillure et corruption. Contentez-vous de chanter les vieilles chansons, de composer pieusement d'irréprochables oratorios et d'agencer des symphonies classiques à quatre compartiments. Vous resterez ainsi les fidèles de notre chapelle et les élus du grand art. Vous serez dignes enfin des trois B. Or les trois B, ce sont Bach, Beethoven — et Brahms.* »

En face de ce groupe timide et grincheux, en pleine opposition avec l'école de l'abstinence, *Wagner représentait* l'étreinte de la vie au nom de l'idéal. *Le verbe vivant de son œuvre, semblait dire au monde entier :* « *Pour couronner l'effort des siècles, pour assigner un but aux élans de la musique, aux rêves de la poésie, aux labeurs de la pensée, il reste une œuvre à faire : rendre au théâtre sa puissance et sa dignité, en faire le sanctuaire de la vie la plus intense, des songes les plus audacieux, de la pensée la plus haute — et par là le centre rayonnant de l'art. Ayez tous assez de foi pour oublier vos mesquines querelles, vos pauvres personnalités et vous fondre avec toutes vos forces dans l'œuvre d'art unique, vivante et souveraine — et vous aurez, comme moi, le pouvoir de désensorceler le lieu maudit, de le purifier et d'en faire le temple de l'Esprit vainqueur, révélé par les souffrances et les luttes de l'homme.* » *Et voilà pourquoi la jeunesse ardente de toutes les nations s'est levée à la parole de Wagner et s'est élancée sur ses traces. Qu'aujourd'hui, de sages esprits nous avertissent qu'il serait dangereux de voir dans les poèmes et dans la musique de ce colosse le dernier mot de l'art, qu'il serait néfaste de l'imiter, qu'il y a place à côté de lui pour une école française, italienne, espagnole et scandinave, qu'au delà de son œuvre, tous les horizons s'ouvrent inchangés, éternels et infinis — rien de plus juste et de plus salutaire. Il n'en reste pas moins vrai qu'il a frayé une voie sans limite. Ce n'est pas son œuvre qu'il faut imiter, c'est son exemple qu'il faut suivre. Nous savons tous maintenant qu'au XXe siècle, les combats décisifs de l'art ne se livreront ni dans les salles de concert, ni dans les salons de sculpture ou de peinture, ni dans les livres, mais sur les planches. C'est là que nous verrons si la personne humaine est encore capable de donner d'elle-même autre chose que des fantoches dégénérés et des caricatures, c'est-à-dire des modèle dignes de la pensée moderne et de l'éternelle beauté. Et le cri de ralliement qui dominera ces batailles proches ou lointaines sera toujours l'étreinte de la vie au nom d'un idéal ! — Or cette formule peut contenir toutes les écoles, car elle mène au but par mille chemins.*

Est-ce à dire que le théâtre soit la forme unique de l'art futur et que les autres genres seront détrônés ? Loin de nous cette pensée absurde. Dans l'art comme dans la vie, il faut de longues haltes avant et après le combat. L'humanité a besoin de tours d'ivoire et de Thébaïdes pour y concevoir ses grands desseins et se reposer de ses luttes. Ce livre introduira le lecteur dans une de ces Thébaïdes paisibles, et le fera monter dans une de ces tours du songe par la vie et l'œuvre de Johannès Brahms.

Hugues Imbert la connaît et la décrit à merveille. Il s'y est complu en de longs séjours. Il y a rêvé et médité avant le grand voyage auquel la destinée trop brusquement l'appela. Il a élevé ainsi, par amour et dévotion pure, un monument durable au noble maître qui resta fidèle, lui aussi, à son idéal, et sut garder dans un monde hostile sa grâce austère et sa fierté.

Paris, février 1905.

Edouard SCHURÉ.

AVANT-PROPOS

Nous avons écrit cette étude avec un enthousiasme profond pour la vie et l'œuvre du plus merveilleux symphoniste qui ait paru depuis la mort de Beethoven.

Les premiers travaux déjà publiés par nous sur Johannès Brahms, l'examen nouveau et approfondi de son œuvre, la réunion de documents sur sa vie, colligés avec soin, nous ont permis de faire revivre cette belle et noble figure, une des plus significatives parmi les maîtres de l'art musical au XIXe siècle.

Puisse la curiosité du lecteur être sollicitée !

H. IMBERT.

JOHANNÈS BRAHMS

SA VIE ET SON ŒUVRE

> « La musique convient mieux que
> tout autre art pour exprimer les pen-
> sées flottantes, les songes sans formes,
> les désirs sans objet et sans limites,
> le pêle-mêle douloureux et grandiose
> d'un cœur troublé qui aspire à tout
> et ne s'attache à rien. »
>
> H. TAINE.

I. — La Vie

I. PRÉAMBULE. BRAHMS CONTINUATEUR DE BEETHOVEN

« Brahms est le Mozart du dix-neuvième siècle (1.) »
En portant un jugement aussi favorable sur le maître de
Hambourg à l'aurore de sa vie, Schumann voulait ainsi
donner un témoignage éclatant de la profonde admiration
qu'il professait pour un artiste appelé à devenir l'un des
plus grands génies musicaux de notre époque. Nul, plus que
lui, ne pouvait être meilleur juge, puisque, à son immense
talent de compositeur, il joignait celui non moins apprécié
de critique d'art. Mais il ne prétendait pas faire entendre
par là que Brahms eût hérité, à l'exclusion de tout autre,
de l'auteur de *Don Juan* et des charmantes symphonies ;

---

(1) R. Schumann, 18ᵉ numéro de la « *Nouvelle Gazette musicale* » de
Leipzig.

il voulait encore moins prouver que les deux compositeurs eussent une affinité très marquée.

Comme l'a si bien dit Léonce Mesnard, « la musique de Mozart n'est pas toute la musique ». Depuis sa mort, la science des sons, qui n'était au dix-huitième siècle qu'à son début, a pris son essor et s'est développée, au point de vue de la richesse harmonique, d'une manière grandiose ; elle est entrée également plus avant dans le secret de dépeindre ces états de l'âme qu'aucune langue parlée ne saurait bien exprimer. De nouveaux génies ont paru à l'horizon, Beethoven, le plus grand de tous, Mendelssohn, Schumann, Berlioz, Wagner, qui ont su si bien comprendre l'au-delà des sensations superficielles et rendre ce sens intime des émotions contenues, qui ne remontent pas à la surface. Après eux ou en même temps qu'eux est arrivé Johannès Brahms, creusant encore plus profondément le sillon tracé par ses devanciers ou ses contemporains, découvrant, le long du sentier déjà exploré, de nouvelles fleurs au parfum âcre et sauvage, et faisant de la musique symphonique une étude que l'on pourrait appeler psychologique.

S'il devait être rattaché à l'un des maîtres que nous venons de citer, ce serait, pour bien des motifs, plutôt à Beethoven qu'à Mozart.

Comme Beethoven, Brahms fut avant tout un symphoniste. Il n'a pas abordé le théâtre et n'a pas même à son actif un opéra comme *Fidelio*. On ne peut en effet considérer comme œuvre théâtrale *Rinaldo*, cantate de Gœthe (1), qu'il a conçue dans la forme adoptée par Schumann pour *Manfred, le Paradis et la Péri*. Il a été, au contraire, un producteur puissamment inspiré dans la musique

----

(1) Gœthe a puisé le sujet de cette cantate dans un épisode de la *Jérusalem délivrée* du Tasse.

orchestrale. Comme Beethoven, il a su donner à l'orchestre une force, une plénitude, une expression que l'on ne rencontre malheureusement pas à un aussi haut degré chez son prédécesseur Robert Schumann. Les symphonies de ce dernier sont des chefs-d'œuvre de sentiment ; mais l'étouffement de diverses parties de l'orchestre et une certaine épaisseur du tissu musical produisent une sonorité *grise* qui est bien en rapport avec le caractère des œuvres de Schumann, mais qui cependant nuit quelque peu à l'épanouissement des masses instrumentales. Chez Brahms, l'orchestre vient admirablement en dehors ; on y trouve cet art des gradations et des dégradations, cette force disciplinée qui, chez l'auteur de la *symphonie avec chœurs*, est porté à ses dernières limites. Dans ses symphonies, et surtout dans ses admirables sextuors et quatuors pour instruments à cordes, se révèlent nombre de rythmes, de sonorités les plus saisissants, les plus variés, dont il est facile de découvrir la paternité dans les derniers quatuors de Beethoven, source féconde à laquelle devraient puiser largement les artistes épris de l'idéal dans l'art.

C'est bien ici le lieu de faire remarquer combien, en Allemagne, la question Brahms et Wagner a été mal posée, je ne dis pas résolue, l'avenir en prendra soin. Dans leur admiration pour Richard Wagner, ses partisans (les exclusifs) ont été jusqu'à déclarer que *lui seul* avait hérité de Beethoven ; ils n'ont voulu voir en Brahms qu'un « *contrepointiste* » plus ou moins savant, un fort en thème musical (1). Ils n'ont oublié qu'une chose importante, c'est

---

(1) On a été jusqu'à déclarer que les véritables héritiers de Beethoven étaient Liszt et Wagner, — que c'est par Liszt que la race de Beethoven se perpétuera. Cette thèse est en contradiction formelle avec toutes les idées reçues et admises.

que R. Wagner n'a pas abordé la symphonie proprement
dite, pas plus qu'il ne s'est essayé dans la musique de
chambre. Ne l'a-t-il pas voulu, ne l'a-t-il pas pu ? Là
n'est point la question ; c'est la constatation d'un fait (1).
Il a cherché, s'appuyant sur les légendes poétiques et populaires, à donner à l'Allemagne l'opéra, ou plutôt le drame
musical national, avec toutes les splendeurs de la mise
en scène, à continuer l'œuvre si bien esquissée par Weber,
en y introduisant les importantes réformes et les auda-
cieuses innovations qui immortaliseront son nom. Il a été
un créateur de génie en musique comme en poésie, puisque, à l'exemple de Berlioz, il a été lui-même l'habile libret-
tiste de ses grands drames, de ses poèmes symphoniques.

Si, au point de la vue de la juste application de la musique aux paroles et de la vérité dans l'expression dramatique, sa filiation directe avec Gluck est incontestable,
il n'est pas moins certain que, pour la couleur et la trame
mélodique, il s'est inspiré de Weber surtout. La fulgurante
ouverture du *Vaisseau-Fantôme*, et bien d'autres pages
sont des amplifications heureuses et puissantes du style de
l'auteur de Freyschütz.

Il n'y a qu'à étudier d'un peu près la vie de Wagner,
pour voir en quelle estime il tenait son devancier dans la
carrière dramatique. La lecture de son « *Esquisse biogra-
phique* » et de ses « *Souvenirs* » (2) nous montre de la ma-

---

(1) Une seule fois, la Symphonie a tenté Wagner. Son œuvre (*Symphonie* en *ut* majeur) fut exécutée en 1832,à Leipzig. Nous n'en parlons
que pour mémoire, l'auteur l'ayant traitée lui-même d'œuvre de jeunesse.
Lors d'une troisième exécution de cette page symphonique à Venise. en
1882. Wagner précisa les vraies raisons pour lesquelles il cessa d'écrire
des symphonies. Il avait, en outre. esquissé un projet de *Symphonie* en
mi majeur ; mais il n'en existe qu'un fragment.
(2) Richard Wagner, « *Souvenirs* »,traduits de l'allemand par Camille
Benoît.

nière la plus péremptoire le rôle que joua dans sa vie d'artiste l'étude des œuvres de Weber. Ce fut l'audition de *Freyschütz* qui lui inspira pour la musique une passion si exaltée. Mozart, au contraire, ne lui plut pas tout d'abord. Il raconte que, lorsque, à Dresde il voyait passer Weber devant sa demeure, il le considérait toujours avec un effroi sacré. Quand il composa son premier opéra romantique, ce fut Weber qui lui servit de modèle. En 1844, il fit la propagande la plus active pour obtenir le retour, de Londres à Dresde, des restes mortels de Charles-Marie de Weber, et composa, lors de cette translation, la *Marche funèbre*, dont il puisa les motifs dans *Euryanthe*. Dans le discours qu'il prononça sur sa tombe, il sut faire ressortir qu'il ne fut jamais au monde un musicien plus allemand que lui. Il ne fit aucune allusion à Beethoven.

Loin de nous cependant, la pensée de faire croire que Richard Wagner ne ressentit pas une profonde admiration pour l'immortel auteur de la *Neuvième Symphonie* ; mais les sommets qu'avaient atteints Beethoven dans la musique symphonique lui causèrent de l'épouvante, du vertige, et, finalement, le détournèrent de le suivre sur le même terrain. Il l'avoue lui-même dans son « *Esquisse autobiographique* »: « Je renonçai à mon modèle Beethoven : sa dernière symphonie, conclusion d'une grande époque artistique, me parut être la clef d'une voûte au-dessus de laquelle personne ne pouvait s'élever, et à l'abri de laquelle personne ne pouvait obtenir l'indépendance. »

Ce que nous voulons prouver et ce que nous croyons avoir démontré, c'est que Weber fut l'initiateur de Wagner dans l'art musical, son principal modèle, son auteur préféré.

Brahms, lui, est passé maître dans la symphonie, dans la musique purement instrumentale. Plante de la même famille que les Haydn, Mozart, Beethoven, Mendelssohn, Schumann, il a été , plus qu'aucun autre, le continuateur de Beethoven. Les similitudes surgissent à chaque page de ses œuvres, notamment à partir de l'opus 11, *La sérénade en ré* pour orchestre. Dans les symphonies, dans les sextuors et quatuors pour instruments à cordes, on retrouve entièrement la donnée Beethovenicnne, c'est-à-dire la richesse de la mélodie unie à l'art le plus parfait des modulations, les accents d'énergie et de sombre passion qui caractérisent la dernière manière du maître.

Un critique très compétent en Allemagne, M. Hermann Deiters, en une étude très approfondie sur Brahms, fait ressortir cette parenté avec Beethoven :

« Seul, parmi les artistes de ce siècle, Brahms a des points de ressemblance avec Beethoven, aussi bien par son style que par les formes qu'il donne à ses créations, et par sa facture. C'est en marchant dans la voie tracée par Beethoven que Brahms, égal à ce grand maître, par les dons de la naissance, poursuit le but auquel aspire l'artiste véritable. »

II. Caractère de Brahms. Ses débuts. Sa rencontre avec Schumann. Leur amitié. L'article de Schumann sur Brahms.

Johannès Brahms est bien allemand : sa tête, si pleine d'énergie et de ténacité, au front largement développé, possède tous les traits caractéristiques des plus beaux types de la race saxonne.

Né à Hambourg, sur les bords de la mer du Nord, le 7 mai 1833, il était fils d'un contrebassiste au théâtre de cette ville, qui s'appelait Johann-Jacob Brahms. Sa mère, Johanna-Henrika-Christiane Nissen, mourut peu de temps après la naissance de son fils Johannès (1.) Sa jeunesse ne fut pas heureuse, car la famille était pauvre. Le futur compositeur ne goûta pas toujours, au milieu des siens, la paix qui lui eût été si nécessaire pour son travail. Elevé dans les conditions les plus modestes avec son frère Fritz, qui fut professeur de piano et mourut dans sa ville natale, après un séjour de plusieurs années à Caracas,— et avec sa sœur Elise, qui épousa un simple horloger, ce qui chagrina Johannès Brahms, il ne reçut point d'instruction particulière, les appointements minimes de son père ne le permettant pas. Obligé de se suffire à lui-même, le jeune Johannès passait la plupart des nuits à tenir le piano dans certains bals publics. Déjà, à cette époque, la composition le

(1) Le père de Johannès Brahms se remaria une année après la mort de sa première femme. Il eut de son second mariage, deux fils et une fille.

passionnait, et c'étaient les premières heures du jour qui
étaient employées par lui à ce travail, devenu un plaisir.
N'est-ce point à son ami Widmann qu'il disait un jour :
« Les plus belles idées me venaient souvent avant l'aube,
en cirant mes chaussures ? »

Un autre de ses amis intimes, Albert Dietrich (1), a
raconté, dans « *Souvenirs de Johannès Brahms* », nombre
d'anecdotes relatives à son enfance, qui montrent jusqu'à
l'évidence la fierté que possédait le jeune compositeur à
l'aurore de sa carrière, fierté dont il faudrait chercher la
source dans la conscience qu'il possédait de sa valeur.
Doué avec cela d'une grande force de caractère, il ne voulait devoir qu'à lui-même sa fortune. Mais jamais la confiance en son étoile ne l'amena à avoir de la fatuité ou de
l'orgueil ; il était trop plein de raison pour cela, et le plus
souvent, il repoussait avec une certaine rudesse les éloges
exagérés qui lui étaient adressés. La modestie était innée
chez lui et, en maintes circonstances, elle se manifesta. Il
suffirait de rappeler qu'à un concert organisé par lui, en
l'année 1861, où son succès fut grand, il plaça simplement
sous le piano une superbe couronne de laurier qui lui
avait été offerte.

On ne mangeait pas toujours à sa faim dans sa famille,
et il recommandait à sa sœur de ne point mettre trop d'eau
dans la soupe, préférant ajouter un peu d'argent de sa
poche. La différence d'âge existant entre ses parents
(la mère, 2e mariage, avait vingt années de plus que le
père), était cause que l'harmonie ne régnait pas toujours

---

(1) Dietrich (Albert-Hermann), compositeur, élève de R. Schumann.
naquit le 28 août 1829 dans la maison du forestier Golk, près Meinen.
Il fut successivement directeur des concerts à Bonn, directeur de la
musique dans la même ville, puis chef d'orchestre de la Cour à
Oldenbourg.

dans le ménage, et le jeune musicien eut à souffrir
souvent de cette discorde. Malgré cela, il fut toujours
un fils soumis et affectueux. C'est ainsi que, de Hambourg, il écrivait en 1867 à son ami Dietrich : « J'ai eu la
grande joie de posséder mon père pendant quelques semaines. Nous avons fait un voyage délicieux en Styrie et à
Salzbourg. Tu aurais été heureux de contempler la satisfaction de mon père en présence des chefs-d'œuvre de la
Nature, lui qui n'est pour ainsi dire pas sorti de Hambourg, et qui n'a jamais vu de montagnes. » Toute sa vie,
il conserva un profond attachement, après la mort de ses
parents, pour sa belle-mère et le fils du premier mariage
de celle-ci.

Ses facultés naturelles pour l'art musical se dévelop-
pèrent rapidement avec les conseils du professeur de piano
Otto Cossel, qui l'instruisit de l'âge de six à quinze ans.
Il l'initia également aux secrets de la composition. Plus
tard, Brahms disait qu'il devait à cet artiste la plus grande
partie de son talent de pianiste. A l'âge de quatorze ans,
le jeune néophyte débuta dans un concert public, un peu
contre la volonté de son père, et joua, entre autres morceaux, des *Variations* sur un thème populaire de sa composition. Un impresario avisé lui proposa, à la suite de ce
début, une tournée artistique ; mais Otto Cossel protesta
avec énergie contre cette entreprise, et il eut gain de cause.
Puis il obtint que Marxsen, d'Altona, son ancien professeur
à lui, se chargeât de continuer l'éducation musicale de
Brahms.

Tout jeune, il vécut en compagnie des grands maîtres
Bach et Beethoven ; sa mémoire était si prodigieuse qu'il
savait par cœur les partitions les plus compliquées. Marxsen lui fit faire des progrès rapides, non seulement dans

l'étude du piano, mais encore en harmonie et en théorie.

Ce fut dans un voyage entrepris en 1853 avec le violoniste hongrois Rémény, pour donner des concerts, qu'il fit la connaissance de Joachim et de Liszt, dont il excita l'admiration. Ils l'engagèrent à se rendre à Düsseldorf, auprès de Robert Schumann, qui, depuis 1850, remplissait dans cette ville les fonctions de directeur de musique, en remplacement de Ferdinand Hiller, nommé maître de chapelle à Cologne. Il suivit leurs conseils et se sépara de Rémény.

Cette décision eut une grande influence sur sa vie artistique ; car Schumann, enthousiasmé par les belles qualités qu'il découvrit dans les premières œuvres du jeune compositeur, lui donna les plus vifs encouragements, et, dans un article de la *Nouvelle Gazette musicale* de Leipzig, le salua comme un Messie musical.

Voici les termes mêmes dont il se servit pour louanger les œuvres de Brahms. L'article portait comme en-tête : « Voies nouvelles ».

« 1853. Il s'est écoulé des années, presque autant que j'en ai consacrées à la première rédaction de ces feuilles, c'est-à-dire dix, depuis que je me suis fait entendre sur ce terrain si riche en souvenirs. Souvent, malgré une activité tout échauffée et productrice, je me suis senti excité à le faire : maints nouveaux et importants talents apparaissaient ; une force toute neuve dans la musique semblait se révéler, comme en témoignent beaucoup d'artistes de la dernière époque qui portent haut leur vue, encore que leurs productions soient plutôt connues d'un cercle restreint (1)

(1) J'ai en vue ici : Joseph Joachim (1831), Ernest Naumann (1827-1888), Ludwig Norman (1831-1885), Woldemar Bargiel (1828), Théodore Kirchner (1824), Julius Schœffer (1823), Albert Dietrich (1829) — sans

Je pensais, suivant avec le plus vif intérêt les voies tracées par ces esprits d'élite, je pensais qu'il apparaîtrait et devait apparaître un jour, tout à coup, après de tels précurseurs quelqu'un qui serait appelé, lui, à rendre d'une façon idéale la plus haute expression de l'époque, quelqu'un qui nous apporterait la perfection magistrale, non pas un déploiement graduel de ses facultés, mais par un bond soudain, comme Minerve, lorsqu'elle sortit armée de pied en cap de la tête du Kronide.

« Et il est arrivé, cet homme, au sang jeune, au berceau duquel les Grâces et les Héros ont monté la garde. Il a nom Johannès Brahms ; il est venu de Hambourg, où il composait dans un silence obscur, mais où un excellent maître (1) le formait aux plus difficiles règles de l'art ; un artiste respectable et bien connu me l avait recommandé peu auparavant. Même à l'extérieur, il portait sur lui tous les signes qui annoncent : voilà un élu ! A peine assis au piano, il se mit à nous découvrir de merveilleux pays, et nous attira insensiblement dans un cercle de plus en plus magique. Ajoutez un jeu tout génial qui faisait du clavier un orchestre entier, aux voix tour à tour gémissantes et exultantes de joie. Ce furent des sonates, ou plutôt des symphonies déguisées..., des Lieds, dont on comprendrait la poésie sans connaître les paroles, bien qu'une profonde mélodie chante au travers de tous..., des pièces de piano isolées, d'une nature à moitié démoniaque, de la plus gracieuse forme..., puis des sonates pour piano et violon..., des quatuors pour instruments à cordes, et chaque chose si différente

oublier le profond compositeur religieux, adonné au grand art, C. F Wilsing (1809). Comme avant-coureurs à la marche alerte, il faudrait nommer aussi à cette place : Niels W. Gade (1817-1890), G. F. Mangold (1813-1889), Robert Franz (1815) et Stephen Heller (1814-1888).

(1) Edouard Marxsen (1806-1887).

des autres que chacune paraissait jaillir d'une source autre. Et puis il sembla, à la fin, qu'il réunît toutes ces sources, pareil à un torrent mugissant, pour en former une cataracte couronnée au-dessus de ses flots précipités par le pacifique arc-en-ciel, environnée sur le rivage de papillons folâtrants et accompagnée du chant des rossignols.

« S'il plonge, outre cela, sa baguette magique dans le gouffre où la puissance des masses avec chœur et orchestre lui prêtera ses forces, nous pouvons nous attendre à de plus merveilleux coups d'œil encore dans les mystères du monde des esprits. Puisse le plus noble génie le fortifier, du moins en ce qu'il est déjà permis de prévoir ; car un autre génie habite aussi avec lui, celui de la modestie. Ses confrères le saluent à son premier pas dans le monde, où peut-être des blessures l'attendent, mais aussi des lauriers et des palmes ; nous le proclamons bien venu, en vaillant combattant qu'il est.

« A chaque époque domine une secrète alliance des esprits frères. Concluez, vous qui appartenez étroitement à ce cercle, que la vérité de l'art brille de plus en plus éclatante, répandant partout joie et bénédiction (1). »

La prophétie de Robert Schumann ne fut-elle pas vraiment merveilleuse ?

La liaison intime de Brahms avec Schumann, Joachim et Dietrich, date de cette époque. Une collaboration assez curieuse eut même lieu entre Brahms, Dietrich et Schumann à l'occasion d'une matinée musicale, donnée le 27 octobre 1853 à Düsseldorf. Ils composèrent, pour cette solennité, une sonate (piano et violon) qu'ils dédièrent à Joachim,

---

(1) Traduction de Henri de Curzon : *Écrits sur la musique et les musiciens,* par Robert Schumann. — Paris, Librairie Fischbacher.

leur ami commun. La première partie (Allegro) fut composée par Dietrich, la seconde (Intermezzo) par Schumann,
la troisième (Scherzo), sorte de variation sur le thème de
Dietrich, par Brahms, et enfin la quatrième (Finale), par
Schumann.

III. Brahms se fixe a Vienne. Mort de Schumann.
Compositions de 1860-1885

En l'année 1854, Brahms acceptait les fonctions de maître de chapelle chez le prince de Lippe-Detmold, et se consacrait plus exclusivement à l'étude de la théorie de l'orchestration. Il avait déjà, à cette époque, composé plusieurs œuvres de grand mérite : trois *Sonates* et un *Scherzo* pour piano, des Lieder, un *Trio* pour piano, violon et violoncelle, des *Variations* sur un thème de Schumann, d'autres encore en projet.Ces premières compositions révélaient déjà la riche organisation de Brahms, une conception hardie et puissante.

Après être resté quelques années chez le prince de Lippe-Detmold, il se décida à faire plusieurs voyages, pour se faire entendre, notamment en Suisse, où, admirablement accueilli, il retourna souvent, par la suite. La période de 1859 à 1862 fut productive en œuvres remarquables ; il faut citer deux *Sérénades* pour orchestre, des recueils de *Lieder*, et surtout les deux merveilleux *Sextuors* pour instruments à cordes. Brahms était déjà un esprit enlevé vers les hautes régions de l'art,que la raison et l'étude opiniâtre des maîtres, de Bach surtout, avait assagi et mûri. Si parfois se font encore jour quelques idées par trop exubérantes, certains écarts d'imagination, on sent, d'autre part, une main plus sage, plus maîtresse d'elle-même et une largeur de style incomparable.

Désireux, peut-être, de suivre l'exemple d'illustres devanciers, il se rendit en 1862 à Vienne, pour y fixer sa résidence définitive. Il y fut accueilli avec la plus grande bienveillance, comme l'avaient été Haydn, Mozart, Beethoven et Schubert; il put suivre, pas à pas, les souvenirs qu'y avaient laissés ces grands maîtres. En présence du beau monument élevé à la mémoire et à la gloire de Beethoven, il devait reconnaître quelle admiration professe un peuple artiste pour les grands génies bienfaiteurs de l'humanité. Dès l'année 1863, il était nommé directeur de la « Société chorale » de Vienne, et faisait tous ses efforts pour répandre les œuvres de Bach, Beethoven et Schumann. Après plusieurs années de pérégrinations, de profondes retraites, notamment à Bade où, mettant en pratique le *procul ab armis* du poète, il écrivait une série de compositions importantes ; puis à Cologne et en Suisse, il revenait à Vienne. C'est dans cette ville que furent exécutés, pour la première fois, divers fragments de son célèbre *Requiem allemand* qui, depuis, a eu un si grand retentissement en Allemagne et en Suisse.

Dans un séjour qu'il fit, pendant les étés de 1868 et de 1869, à Bonn et à Bade, il termina sa cantate *Rinaldo*, composa un grand nombre de *Lieder* et fit éditer les deux *Quatuors* pour instruments à cordes (op. 51), la *Rhapsodie* (op. 53), enfin les *Valses chantées*. De 1872 à 1875, il fut chargé de la direction de la Société des Amis des arts à Vienne, et les distinctions les plus flatteuses lui furent décernées. Entre temps, il fit plusieurs voyages à Leipzig, Munich et Cologne. Il fut décoré de l'ordre de Maximilien par le roi de Bavière. La Faculté de philosophie de l'Académie de Breslau lui décerna, en 1881, le titre de docteur, le jugeant ainsi le premier des compositeurs de musique

3

sacrée. Dans l'année 1886, le gouvernement de Prusse le nomma chevalier de l'ordre « Pour le mérite » et membre de l'Académie des Beaux-Arts de Berlin.

Les compositions de cette période furent importantes : des œuvres chorales telles que le *Triumphlied* d'après les paroles de l'Apocalypse, les deux *Symphonies* en *ut* mineur (op. 68) et en *ré* majeur (op. 73), un *Quatuor* à cordes (op. 67), le troisième *Quatuor* pour piano et cordes (op. 60), la charmante *Sonate* pour piano et violon (op. 78), et enfin son *Concerto* pour violon (op. 77), écrit spécialement pour Joachim.

Au milieu de ses travaux, de ses voyages, Brahms n'oublia jamais le Maître affectueux qui lui avait prédit autrefois un brillant avenir. Lorsque, à Dusseldorf, le 27 février 1854, Robert Schumann, à la suite de la terrible maladie mentale qui le tortura jusqu'à sa mort, se précipita dans le Rhin et en fut retiré, pour être transporté dans la maison de santé du Dr Richarz, à Endenich, près Bonn, Brahms ne cessa d'aller le voir jusqu'au jour de la délivrance, le 29 juillet 1856. Il avait toujours pensé que l'organisation si merveilleuse du maître avait été profondément troublée, non seulement par l'activité infatigable qu'il déploya pendant toute sa vie, par sa prédilection presque exclusive pour les sujets les plus profonds, par son isolement du monde extérieur et sa concentration en lui-même, mais encore par un penchant irrésistible pour le spiritisme, qu'il avait vu grandir chez lui avec une profonde angoisse. Lors de la translation des cendres de Schumann au cimetière de Bonn, près la porte de l'Etoile, ce fut Brahms qui conduisit le deuil avec Joachim, Dietrich, et Ferd. Hiller. En 1880, il rendit un dernier hommage au génie de Schumann, en dirigeant à Bonn le festival organisé pour l'inauguration du beau monument élevé à sa mémoire.

L'affection que Brahms portait à Schumann, il la transporta sur sa veuve, Clara Wieck, la célèbre virtuose. Il ne se passait pas d'années sans qu'il se rendît à Francfort pour la voir. Chez elle, il rencontrait d'excellents amis, notamment le très remarquable violoniste Hugo Heermann : on devine quel intérêt avaient les séances musicales organisées chez Mme Schumann avec de tels artistes.

Cette fidélité à la mémoire de Schumann témoigne du cœur excellent que possédait Johannès Brahms. Un autre indice de la bonté de ce grand artiste, dont les dehors étaient quelque peu revêches et les paroles caustiques, était l'adoration qu'il avait pour les enfants. A Vienne, ce solitaire, qui n'accueillait pas volontiers ceux mêmes qui venaient à lui et l'admiraient, recherchait la société des petits. On s'imagine qu'il devait avoir un profond enthousiasme pour les *Kinderscenen* de Robert Schumann. N'est-il pas vrai que celui qui aimait si tendrement les faibles et fut lui-même, pendant toute sa vie, un grand enfant, ne pouvait avoir qu'un caractère foncièrement bon, sensible et loyal ?

IV. Enthousiasme de Nietzsche pour Brahms. Raison de sa volte-face subite et de son hostilité. Réponse de l'opinion publique.

Ce fut en 1887 que le philosophe Nietzsche (1) chercha à entrer en relations avec Johannès Brahms, par l'intermédiaire du romancier suisse M. J. V. Widmann, ami intime du maître. Dans son bel ouvrage ayant pour titre « *Musiciens et philosophes* » (2), M. Maurice Kufferath a indiqué clairement les motifs pour lesquels Nietzsche, qui avait professé autrefois une vive admiration pour le maître de Hambourg, s'était détaché de lui et l'avait critiqué. Au début de son enthousiasme, il ne perdait aucune occasion de se rendre dans les concerts où étaient exécutées les œuvres de Brahms ; sa présence était signalée en 1874 à Zurich, pour l'audition du *Chant de triomphe.* En cette même année, Nietzsche, qui était allé voir Richard Wagner en sa poétique résidence de Triebschen, sur les bords du lac de Lucerne, avait cherché, mais en vain, à convertir le grand dramaturge au culte de Brahms. Que s'était-il passé en 1887, pour que cette ferveur dégénérât en inimitié ? Un fait bien simple : Nietzsche avait de lui-même une forte opinion en tant que compositeur et avait adressé à Brahms, pour avoir son avis, un *Hymne à la vie,* pour chœur et or-

<hr/>

(1) Nietzsche (Friedrich), né à Rœchen, près Lutzen, le 15 octobre 1844, décédé dans une maison de santé, en 1900.
(2) Paris, Félix Alcan, éditeur, 1899.

chestre, composé par lui en 1882 à Naumbourg. A l'envoi
de la partition, il joignit un exemplaire de son dernier
livre. La réponse fut laconique : « Le Dr J. Brahms se permet de vous adresser ses plus vifs remerciements pour votre
envoi ; il vous remercie pour la flatteuse distinction qu'il
en éprouve et pour les importants encouragements qu'il
vous doit. En profonde estime, dévoué. » Mais de l'*Hymne
à la vie*, pas un seul mot. *Inde iræ*. Aussi, l'année suivante
(1888), lorsque paraissait le cas Wagner, Nietzsche consacrait à Brahms, dans un second post-scriptum, les lignes
suivantes : « La décadence est générale, la maladie profonde.
Ceux qui sont célèbres aujourd'hui ne font pas de « meil-
leure musique » que Wagner, mais plutôt moins saillante,
plus indifférente : plus indifférente, parce que la moitié de
la besogne est écartée. Wagner au moins était entier ;
Wagner était la corruption-même ; Wagner était le courage, la volonté, la conviction dans la corruption. Qu'importe après lui Johannès Brahms ! Son succès ne repose
que sur l'incompréhension germanique ; on en a fait un
antagoniste de Wagner, on avait besoin d'un antagoniste.
Il n'en est pas résulté une musique nécessaire ; il en est
resté seulement trop de musique. Quand on n'est pas riche,
il faut être assez fier pour porter sa misère... La sympathie
que Brahms, çà et là, peut nous inspirer en dehors de tout
intérêt de parti ou de toute incompréhension de parti, a
été longtemps une énigme pour moi, jusqu'au jour où
j'ai découvert, presque par hasard, qu'il ne produit d'effet
que sur un certain type d'hommes. Il a la mélancolie de
l'impuissance ; il ne crée pas dans la plénitude, mais il a
soif de la plénitude. Si l'on décompte ce qu'il imite, ce qu'il
emprunte aux formes stylistiques des grands maîtres
anciens et des exotiques modernes, c'est un maître copiste ;

il ne lui reste d'autre propriété que le désir. C'est ce que devinent ceux qui *désirent*, les *non rassasiés* de toute espèce. Il y a trop peu de personnalité, trop peu de foyer dans Brahms ; c'est ce que comprennent les impersonnels, les périphériques ; ils l'aiment pour cela. Il est spécialement le musicien d'un genre de femmes désabusées. Qu'on avance de cinquante pas, on aura la Wagnérienne, exactement comme Wagner est à cinquante pas de Brahms : la « Wagnérienne », type plus caractéristique, plus intéressant, et avant tout plus gracieux. Brahms nous touche aussi longtemps qu'il rêvasse intimement ou qu'il pleure sur lui-même ; en cela il est moderne. Il devient froid, en revanche, il ne nous regarde plus, dès qu'il veut devenir l'héritier des classiques. On l'a appelé volontiers l'héritier de Beethoven : je ne connais pas d'euphémisme plus prudent. Tout ce qui a aujourd'hui quelque prétention au grand style en musique est ou bien faux envers nous, ou bien faux envers lui-même... Ce qui peut être bien fait, magistralement fait aujourd'hui, ce sont seulement les plus petites choses. Là seulement la sincérité est encore possible ; au delà , au point de vue essentiel, rien ne peut guérir la musique de sa destinée inévitable, de sa fatalité d'être l'expression de la contradiction physiologique d'être moderne. »

Vous nous croirez si vous voulez, mais les sophismes de Nietzsche nous font sourire. L'homme qui, après avoir admiré Schopenhauer, Wagner et Brahms, les a reniés, le jour où deux de ces grands génies n'ont pas cru devoir donner leur approbation à des compositions qui ne devaient avoir qu'une valeur très inférieure, ne peut être classé que dans la catégorie des petits esprits. La seule excuse qui puisse être invoquée en sa faveur, c'est que le malheureux approchait insensiblement de l'époque où il allait perdre la raison, puisque,le 19 janvier 1889, on fut forcé de l'interner dans une maison de santé. Les prodromes de sa folie se font jour dans les lignes que nous venons de citer ; ses diatribes, aussi bien à l'égard de Wagner que de Brahms, sont un cas relevant bien plus de la pathologie que de la philosophie.

Nietzsche, proclamant que le succès de Brahms repose uniquement sur l'incompréhension germanique, qui a fait de ce musicien un antagoniste de Wagner, éprouve lui-même le besoin de citer Wagner pour désigner Brahms. Voilà un travers que nous avons déjà signalé au début de cette biographie. Wagner est un dramaturge musical ; Brahms est un symphoniste pur. Lorsqu'on écoute les œuvres de Wagner, il faut oublier celles de Brahms,et réciproquement. Le drame lyrique du maître de Bayreuth n'a rien à voir avec les grandes pages symphoniques des maîtres classiques,que ces maîtres s'appellent Beethoven,Schumann ou Brahms ! La musique de ces êtres supérieurs est écrite en vue de l'art seul, — donc bienfaisante et saine— partant,nécessaire au même titre que les baumes les plus puissants. Le nombre de ces élus est trop restreint pour qu'il soit possible d'avancer qu'il « en est résulté trop de musique ». Nous rangerions au contraire dans notre parti tous les vrais amis de l'art musical, si nous soutenions que notre plaisir à tous aurait été plus grand, si Beethoven, Schumann, Brahms... avaient laissé des pages symphoniques en nombre encore plus considérable. Lorsque Nietzsche avance que la sympathie inspirée par Brahms fut, un long temps, pour lui une énigme, il serait aisé de lui répondre que cette énigme n'exista que du jour où le grand compositeur ne jugea pas utile de lui donner son avis sur l'*Hymne à la vie*. Les admirations que suscitent ses œuvres n'ont fait que grandir, parce qu'en elles se distinguent la sincérité, la puissance, la grâce mélancolique, l'originalité. Comme tous les compositeurs, il aura été à l'école des grands ancêtres, de Bach, le premier, non pas pour les copier, mais pour y puiser les beaux principes et obtenir ainsi l'indépendance. Le foyer chez lui est intense : il suffit de parcourir telles pages chaleureuses et grandioses de sa musique de chambre, de ses symphonies, de ses Lieder, pour comprendre que la flamme qui s'en échappe ne pouvait que gagner de proche en proche. Ce qui fait aussi la force de celui que nous plaçons si haut, c'est qu'il pleure, non pas sur lui-même, mais sur les infortunes de l'humanité. Les états d'âme qu'il a créés sont le reflet de ces souffrances. En cela comme en bien d'autres points, il est bien l'héritier de Beethoven.

Aux divagations d'un Nietzsche ont déjà répondu la ville natale de Brahms, en lui octroyant, en 1889, la bourgeoisie d'honneur ; ses admirateurs dans le monde entier, en acclamant ses œuvres ; les universités étrangères, en lui accordant les titres les plus flatteurs ; l'Académie des Beaux-Arts de France, en le nommant son correspondant.

V. Progrès de la réputation de Brahms.
Exécutions de ses œuvres en France et en Belgique.

De la période où furent composés le *Concerto* (op. 77)
pour violon, dédié à Joachim, et la *Sonate* (op. 78) pour piano
et violon, à la dernière heure du grand maître, qui sonna
le 3 avril 1897, la production, loin de s'affaiblir, ne fit que
grandir. On verra, par les catalogues insérés à la fin de cette
biographie, quels beaux chefs-d'œuvre furent créés par lui,
de l'opus 79 (*Deux Rapsodies* pour piano, dédiées à Eli-
sabeth de Herzogenberg, 1880), au chant du Cygne, les
Quatre chants graves (op. 121) pour voix de basses, avec
accompagnement de piano.

En France, à partir de l'année 1890 surtout, les œuvres
de J. Brahms commencèrent à se répandre, très modeste-
ment, il est vrai, mais cependant avec une certaine suite,
qui laissait prévoir leur pleine éclosion en un avenir peu
éloigné. Au Conservatoire de Paris, grâce à Jules Garcin,
chef de la Société des Concerts, les symphonies sont pré-
sentées aux abonnés, qui leur réservent, il est vrai, un accueil peu chaleureux. Parmi les sociétés chorales, l'*Euterpe* est la première à révéler en son entier le beau *Requiem
allemand*, dont Pasdeloup n'avait donné qu'une exécution
imparfaite. Non contente d'avoir fait connaître de son mieux
cette superbe page, elle inscrit sur ses programmes nombre
de compositions non moins remarquables.

M. Charles Lamoureux suivit le mouvement, mais avec

une certaine lenteur. Quant à M. Edouard Colonne, il ne fit exécuter le plus souvent, au début, que les fameuses *Danses hongroises,* qui ne peuvent mettre en évidence le caractère grandiose de la musique de Brahms. Ce n'est que depuis les années 1899 et 1900 qu'il a commencé à révéler à ses auditeurs le *Concerto* pour violon au Châtelet, et la musique de chambre au « Nouveau Théâtre ». (1) Puis viennent les sociétés particulières de quatuors, qui trouvent un aliment nouveau dans la superbe floraison de ses compositions de musique de chambre. Il faut citer en première ligne le quatuor A. Parent, Lammers, Denayer et Baretti, auquel prêta son concours Mlle Boutet de Monvel. M. Armand Parent, dont le jeu procède de la belle école d'Ysaye, inculqua à ses partenaires sa passion pour l'œuvre de Brahms, et, depuis plusieurs années, il ne s'est pas passé de saison musicale sans qu'une composition du maître de Hambourg fût inscrite au programme de ses séances. Ce que le « Quatuor Joachim » entreprit en Allemagne pour la divulgation de l'œuvre de Brahms, le « Quatuor Parent » l'a exécuté en France.

Sans chercher à noter exactement les auditions qui en ont été données à Paris ou en France, on s'attachera à signaler les plus importantes, en cette dernière partie de la biographie du maître. Sous l'impulsion de Jules Garcin, le très consciencieux et savant chef d'orchestre de la « Société des Concerts », le Conservatoire ouvrit le feu, le 12 janvier 1890, avec la 4e *Symphonie* en *mi mineur.* A la suite de cette audition, Charles Darcours, dans le *Figaro,*

---

(1) Le dimanche 26 janvier 1902, M. Ed. Colonne faisait exécuter *pour la première fois* au Châtelet une *Symphonie* de Brahms, celle en *ut* mineur ! En la saison 1902-1903, il a donné les quatre symphonies avec le plus grand succès.

traçait du grand symphoniste un portrait peu ressemblant. Il avançait que Brahms était « un musicien habile, tempéré, ni gai ni triste, qui flirte volontiers avec Mendelssohn, mais qui ne s'aventure qu'incidemment avec les audacieux, et semble plutôt préoccupé de plaire que d'émouvoir! » Or, pour qui a lu ses œuvres et les a approfondies, Brahms est un musicien dont les tendances se rapprochent de la dernière manière de Beethoven et qui s'éloignent de l'école de Mendelssohn. Sa note est austère, parfois même d'une rudesse de nature à dérouter ceux qui l'étudient superficiellement. Il a peut-être, plus que Schumann, fait revivre dans ses symphonies, dans sa musique de chambre, les grandes traditions Beethoveniennes; mais il a su garder son individualité par son invention mélodique et rythmique, par son harmonie, qui donnent à ses œuvres, depuis celles conçues dans la prime jeunesse jusqu'à celles produites dans l'âge mûr, un caractère si personnel. Si, dans quelques pages, il se rapproche d'un maître moderne, ce serait bien davantage de Robert Schumann que de Mendelssohn. « Mendelssohn — écrit Léonce Mesnard, en sa belle et savante étude sur Brahms — reste étranger, lui, à cette question d'origine et de relations directes ; y engager son nom tiendait du paradoxe. » Et il ajoute : « Il est bien vrai que, dans le *finale* du troisième *Quatuor* pour piano et cordes de Brahms, des connaisseurs raffinés ont pu signaler quelques points de contact avec les deux compositeurs. Mais, à regarder de près, ne sont-ce point là de ces jeux de physionomie qui dénotent moins une conformité véritable d'expression qu'une sorte de fausse ressemblance. » Rien n'est plus exact, et il serait facile d'indiquer la différence très sensible qui existe entre l'orchestration de Brahms et celle de Mendelssohn. Chez le maître de Ham-

bourg, on constate la largeur du style, une sonorité presque toujours grave, l'emploi de l'unisson et des motifs
populaires avec un rare bonheur, l'ingéniosité dans les
rythmes, dans les modulations, des accents d'émotion
pénétrante, triste — et, il faut bien le remarquer, l'absence
du *trait*, qui existe d'une façon si caractéristique chez
Mendelssohn. L'orchestration a pris sur lui un tel empire
que, dans nombre de ses œuvres de musique de chambre,
on sent qu'elles réclament pour ainsi dire le concours de
l'orchestre. Tout en respectant les traditions classiques,
Brahms a introduit dans ses compositions des effets harmoniques si nouveaux, qu'on peut le classer parmi les audacieux. Il n'y a pas jusqu'aux accompagnements de ses
Lieder qui, tout en se tenant rapprochés de ceux imaginés
par Robert Schumann, ne s'écartent des sentiers battus.
Au-dessous du texte habilement traduit, il a placé une
maquette musicale d'une ingéniosité et d'une liberté d'allure qui est l'antipode des simples et primitifs efforts de
F. Schubert. Plaire au public ! il ne l'a jamais cherché,
ni dans sa vie privée ni dans ses œuvres. Brahms possédait
au plus haut degré le sentiment de son art ; il n'a jamais
su faire de concessions à la foule ; la banalité lui fit toujours horreur. On pourrait citer tels actes de sa vie qui
dénotent chez lui des tendances très marquées et peut-
être même très exagérées pour la retraite absolue. Rester
sous sa tente et n'en même pas sortir pour accueillir ceux
qui venaient à lui et l'admiraient, telle fut toujours sa
manière d'être.

L'extrait d'une lettre que nous adressait, de Barr, le
7 octobre 1890, notre ami Édouard Schuré, donne bien
l'impression de cette sauvagerie.

« Après Oberammergau, nous sommes allés à Garmisch, où nous avons trouvé Mme de Pausinger et sa famille. L'excellente dame nous a fait dîner dans les montagnes, au bord d'un lac charmant. Elle m'a donné pour vous — réjouissez-vous et versez un pleur d'attendrissement — une lettre autographe de *JOHANNÈS BRAHMS!* Je la trimbale dans mon portefeuille depuis un mois, sans même l'avoir lue — on reste toujours barbare par un côté — mais vous l'aurez, mon cher ; Mme de Pausinger m'a assuré qu'elle avait écrit trois fois à Brahms, en le priant de répondre à l'envoi de votre livre, sans pouvoir obtenir de lui un mot de réponse. Quel drôle de pachyderme que cet ours de génie ! »

Voici cette belle page éplorée, mais remplie de consolation pour les humbles et les souffrants : le *Requiem allemand*, sur lequel nous insisterons dans le chapitre II. Il fut révélé à Paris par Jules Pasdeloup à ses « Concerts populaires » ; mais l'exécution en fut si imparfaite, qu'il ne fut pas compris et passa inaperçu. La Société chorale « *L'Euterpe* » est la première qui le fit entendre en des conditions meilleures, à la chapelle du château de Versailles, le 24 mars 1891. Bien que les chœurs fussent en nombre restreint, et que l'orchestre, auquel avait été adjoint le grand orgue pour remplacer les vents, fût réduit au double quatuor, cette page, une des plus nobles inspirations de l'artiste, put être mieux appréciée. Plus tard, deux ans après la mort du maître, « *L'Euterpe* » devait donner, au cirque d'Été, une exécution de cette splendide composition, avec une masse chorale imposante, soutenue par l'orchestre au complet ; nous la relaterons à sa date. Léonce Mesnard, qui entreprit avec sa sagacité habituelle une fine analyse du *Requiem allemand*, écrivait les lignes suivantes : « Au lieu d'une nouvelle interprétation musicale du sombre office

catholique, c'est comme un harmonieux rituel formé d'élé-
vations consolantes et de méditations chrétiennes sur ce
triple sujet, la Vie, la Mort, l'Eternité. Les chants qui se
transmettent ce thème et ses variantes avec un recueil-
lement grave, mais nullement uniforme, paraîtront, en
général, appartenir au genre tempéré, si on les compare
à ces alternatives, à ces ripostes du pour et du contre soutenues à outrance par Berlioz et par Verdi. »

Il est à remarquer que la *Première Symphonie* en *ut*
(op. 68) est celle qui fut connue la dernière en France. On
s'explique difficilement cette anomalie ; car elle est bien
la digne sœur des trois autres symphonies.

Dans les années 1891 et 1892, la « Société des Concerts »
donne la *Deuxième symphonie* en *ré* majeur (op. 73), dont
le début rappelle la prédilection de Brahms pour le cor
(20 décembre 1891) — la Société « L'Euterpe », le *Chant
du destin* et les *Poèmes d'amour* (7 mai 1892), et les
Concerts Lamoureux, la *Deuxième Symphonie* (23 octobre
1892).

Un cas de décentralisation à noter est l'exécution du
superbe *Concerto* pour violon et violoncelle (op. 102), au
concert donné le 11 décembre 1892 par l' « Association
artistique d'Angers». L'extrême difficulté de l'œuvre, qui
a toujours un peu effrayé les artistes, n'empêcha pas les
intelligents Directeurs de l'Association d'inscrire à leur programme une composition qu'ils considéraient à juste titre
comme une des plus merveilleuses pages de la musique
moderne. La tentative était audacieuse : elle fut couronnée
de succès, grâce à l'excellente direction de l'orchestre par
M. Paul Frémaux, et à l'interprétation intelligente de
l'œuvre par les deux solistes MM. Lemaître et Léon Reu-
land. Le bel article de M. Louis de Romain, inséré dans le

numéro d' « Angers-artiste », en date du 17 décembre 1892, se terminait par les lignes suivantes :

« Cette musique n'est pas de celles dont on saisit immédiatement toutes les nuances et tout le charme. Une audition ne saurait suffire, non qu'elle manque de clarté, mais en raison même des trésors qui s'y trouvent accumulés. On a l'impression d'une grande chose, dont on ne saisit pas tous les détails. Ceux qui n'admettent pas l'efficacité d'un certain travail d'esprit, en présence d'une œuvre d'art, n'y trouveront que peu de jouissance ; les autres, s'inclinant devant la nécessité de réfléchir en écoutant, verront s'ouvrir un horizon plein de merveilles. »

M. Charles Lamoureux tient la corde en l'année 1893, et on relève, à ses concerts du Cirque d'Eté, les exécutions de la *Troisième Symphonie* en *fa* majeur (5 février 1893), l'*Ouverture de fête* (5 mars) et la *Seconde Symphonie* en *ré* majeur (17 décembre). L'effort avait été grand ; car, pendant les années suivantes, on ne trouve plus que rarement les œuvres de Johannès Brahms inscrites à ses programmes. M. Chevillard a toutefois repris les bonnes traditions en faisant exécuter les deux beaux *Concertos* pour piano par M. L. Diémer, et plusieurs symphonies.

Nous avons déjà indiqué que, de tous les quartettistes les plus en vue à Paris, M. Armand Parent fut le premier qui tenta d'acclimater en France l'œuvre du maître. Du jour où il lit ses compositions, il en devient l'admirateur passionné, et il ne se passe pas d'années, depuis la fondation de son quatuor, remontant à l'année 1892, sans que les compositions du maître soient exécutées dans une ou plusieurs de ses séances de la salle Pleyel. Il s'adjoint des artistes de mérite : Mlle Boutet de Monvel, MM. Lammers,

Denayer, Baretti. L'élément vocal n'est pas exclu de ces très intéressantes séances. C'est ainsi qu'à côté des trois *Sonates* pour piano et violon, des deux *Sonates* pour piano et violoncelle, des *quatuors* à cordes, du *quintette* avec piano et cordes, du *quintette* avec clarinette, des *trios*, des superbes *sextuors* à cordes, etc., on entendit les plus beaux *Lieder*.

Parmi les artistes qui comprirent également, au début, la grandeur des œuvres de Brahms, il faut citer le grand violoniste Léonard, qui s'évertua à les faire connaître à Bruxelles et à Paris ; Maurin, le fondateur de la Société de quatuors de Beethoven, puis Philipp, l'intelligent pianiste, et son ami Delaborde, qui dédia à Brahms un *Morceau romantique* pour piano et orchestre d'instruments à cordes ; d'autres encore dont les noms viendront sous notre plume dans le cours de cette biographie.

Dans les numéros des 3 et 10 mars 1894, la « Revue bleue » donnait les « Souvenirs d'un critique musical viennois ». Ce critique n'est autre qu'Edouard Hanslick, le savant professeur d'esthétique et d'histoire de la musique à l'Université de Vienne, le chroniqueur remarquable de la *Neue freie Presse*, l'auteur de la belle étude « *Du beau dans la musique* », qui fut traduite en plusieurs langues. On doit attacher d'autant plus de prix aux réflexions d'Edouard Hanslick, qu'il fut de fort bonne heure le plus intime ami de Johannès Brahms. Vivant dans la même ville, appelé à juger ses œuvres, il reconnut vite en lui un musicien de premier ordre. Mais ce fut surtout sa grande modestie et son horreur pour la réclame qui l'amenèrent à contracter avec lui une liaison qui ne prit fin qu'à la mort du maître.

Les écrits d'un homme de la valeur d'Hanslick ne doivent pas être négligés. Il a surpris Brahms, sinon dans le premier jet, mais dans la maturité de son talent. Lorsque le maître arriva pour la première fois à Vienne, il avait vingt-neuf ans : c'était l'heure féconde de production, à laquelle le critique assista. Plus que personne, il fut donc à même d'étudier, de comprendre un esprit qui se révélait alors dans sa splendeur. De plus, il connut l'homme en toute intimité, ce qui lui permit de juger l'œuvre sans la séparer de son auteur. Aussi croyons-nous absolument nécessaire de reproduire ici les lignes qu'Hanslick consacra dans ses « Souvenirs » à l'auteur du *Requiem allemand* :

« Lorsque Brahms vint à Vienne, ses compositions n'y étaient encore connues que d'un petit nombre ; le grand public connaissait de lui seulement la recommandation prophétique qu'en avait faite Schumann. Ses premières pièces de piano m'avaient fort intéressé par 'leur audace et leur habileté harmoniques, mais plutôt intéressé que satisfait. Il m'apparaissait comme un jeune Hercule au croisement de deux routes. Allait-il tourner à gauche, vers l'extrême romantisme, vers la musique sans règles et sans retenue, ou bien à droite, pour marcher dans le chemin de nos classiques?. On sait qu'il a fort heureusement choisi ce dernier parti ; et, dès 1862, il me suffit d'entendre son *Quatuor* de piano en *sol* mineur et son *Sextuor* en *ré* pour reconnaître là un maître de style classique. Il nous fit entendre son *Sextuor*, le soir même du jour où nous avions écouté des fragments de *Tristan* et de l'*Anneau de Nibelung* : nous eûmes l'impression d'être soudain transportés en un monde infiniment pur, plein d'une sereine beauté.

4

« L'apparence personnelle des deux maîtres ne différait pas moins que leur musique. On ne peut imaginer un homme plus réservé, plus timide que Brahms. Il parle très peu et jamais de lui-même ; infatigable, en revanche, à aider les débutants par la parole et par l'action. Souvent, je l'ai entendu prendre très chaudement le parti de Wagner, qui, on le sait, l'a toujours traité avec un suprême mépris. Il n'est pas exact cependant d'appeler Brahms, comme on l'a fait, un adorateur de Wagner. Brahms connaît actuellement les partitions de Wagner ; mais c'est à peine s'il a jamais entendu ses opéras, et jamais on n'a pu le décider d'aller à Bayreuth.

« Lorsque Brahms vint s'établir définitivement à Vienne, j'eus bientôt l'occasion de me lier très amicalement avec lui. Notre amitié dure encore, sans que rien ait pu l'altérer. Sa modestie, son horreur de toute réclame ont achevé de me le rendre cher. Dire un mot sur lui-même lui est évidemment impossible.

« Qu'on ne prenne pas Brahms, après cela, pour une nature molle et sans caractère ! C'est , au contraire, un homme d'une énergie et d'une force d'âme indomptable, capable plus que personne dese suffire à lui-même. Le séjour de Vienne, le bonheur et la gloire ont un peu adouci mais non effacé sa rudesse sauvage d'homme du nord. C'est ainsi que jamais il ne s'est laissé prendre aux séductions de la femme. « Il en est du mariage, me disait-il un jour, comme des opéras. Si j'avais une fois composé un opéra, qu'il réussisse ou non, je ne penserais plus qu'à en composer un autre ; mais je n'ai pu me décider ni à un premier opéra ni à un premier mariage. » Il aurait été pourtant, sans doute, le plus heureux des maris, et certainement le meilleur des pères ; car je n'ai vu chez personne un amour aussi passionné des enfants. Dans les villages où il va passer l'été, il n'y a pas un bambin qui ne connaisse ce robuste vieillard, avec sa longue barbe blanche et ses bons yeux bleus.

« Sa connaissance de la littérature musicale est absolument extraordinaire. Il n'y a vraiment rien dans toute la musique qui ne lui soit familier. La musique d'opéra est celle qui le touche le moins. Rarement il se décide à rester pendant plus d'un acte, quand il va entendre un opéra nouveau. De tous les opéras modernes, celui qu'il estime le plus est *Carmen*. En littérature aussi, il est grand connaisseur. Il n'y a pas dans sa bibliothèque un seul livre qu'il n'ait lu à fond. Mais il s'en tient exclusivement à la poésie et à l'histoire ; jamais je n'ai pu le décider à s'intéresser au roman.

« Une chose qui, chez Brahms, m'enchante autant que sa bonne humeur, c'est son étonnante santé. A soixante ans, il ne se souvient pas d'avoir été une seule fois malade de toute sa vie. Il marche comme un étudiant et dort comme un enfant. »

Hélas ! le cher grand artiste, qui n'avait jamais connu la maladie, devait être brutalement et rapidement enlevé à la première atteinte d'un mal qui ne pardonne pas.

Mais n'anticipons pas, et reprenons le récit des événements qui marquèrent la dernière partie de sa vie ; ils concernent surtout l'éclosion progressive de son œuvre en France.

L'orchestre du Conservatoire, sous la direction de M. Paul Taffanel, exécutait, les 23 et 24 mars 1894 (concerts spirituels), le *Chant des Parques* (op. 89), écrit sur des vers d'*Iphigénie en Tauride* de Gœthe, et dédié au duc Georges de Saxe-Meiningen. A la suite de ce concert, nous écrivions : « Quand on baptise de *savante* certaine

musique, on est bien près de donner à cet adjectif la signification d'*ennuyeuse*. Nombre d'artistes et d'amateurs ont
ainsi qualifié la musique de Brahms. Le public du Conservatoire a paru se ranger à leur avis, en écoutant et en accueillant froidement le *Chant des Parques*. Il faudra un long
temps pour que ceux qui honorent l'art musical soient per-
suadés de la supériorité d'un maître qui, sous une science
merveilleuse, révèle une profondeur de sentiment égale à
celle du grand Beethoven. »

Ce fut le 5 mai 1894 que Mme O. Vulliet organisa, avec
le concours du quatuor Parent, une séance des plus intéressantes, à la salle des Agriculteurs de France, à Paris.
Mme O. Vulliet, plus connue autrefois sous le nom d'Olga
de Janina, avait eu l'occasion de travailler spécialement
les compositions de Brahms, sous la direction de Hans de
Bulow, qui fut un des premiers à répandre son œuvre en
Allemagne. Elle en devint la fervente admiratrice, et s'était
rendue de Genève à Paris, dans le but de propager l'œuvre
de celui qu'elle considérait, elle aussi, comme un successeur
de Beethoven. L'audition donnée par elle fut un triomphe
pour le maître de Hambourg : il est à remarquer que la
musique de chambre de Brahms a été mieux comprise, dès
le principe, à Paris, que sa musique symphonique. La
Sonate pour piano (op. 5), le *Caprice* (n° 1, op. 76), l'*Intermezzo* (n° 3, op. 10), la *Rapsodie* (n° 2, op. 79) et le *Scherzo*
(op. 4) révélèrent au public de superbes envolées. Le *Sextuor* à cordes (op. 18), déjà plus connu en France, fut admirablement exécuté par MM. A . Parent, Sailler, Queec-
kers, J. Parent, Baretti et Feuillard. Mlle Morens chanta
avec passion les beaux *Lieder* : « Mon amour est pareil aux
buissons », « Vieil amour », Au rossignol », « Cœur fidèle ».

Aux concerts Lamoureux, le 2 décembre 1894, M. Hugo

Heermann, l'éminent violoniste de Francfort, l'ami du maître, fait applaudir le beau *Concerto* en *ré* majeur, dont l'*Adagio* est construit sur un thème d'une douce mélancolie.

Le 20 janvier 1895 est interprétée au Conservatoire la *Troisième Symphonie* en *fa* (op. 90), une de celles qui, au milieu d'un art sévère, laissent entrevoir le charme enveloppant et la grâce mélancolique qui se dégagent de ses remarquables Lieder ; puis, le 22 décembre suivant, on entend la *Deuxième Symphonie* en *ré* majeur (op. 73), dont la première audition avait eu lieu en France le 21 novembre 1880, aux Concerts populaires, dirigés par Pasdeloup.

La Belgique n'était pas restée indifférente à l'œuvre de Brahms : une des plus magnifiques séances consacrées aux compositions du maître fut celle que donna, en février 1896, sous le patronage de la maison Breitkopf et Hærtel, le *Quatuor de Meiningen*, avec le concours du remarquable clarinettiste Muhlfeld, pour lequel Brahms écrivit ses deux *Sonates* pour piano et clarinette (opus 120), et son *Quintette* pour clarinette, deux violons, alto et violoncelle (op. 115). On admira la richesse des tons, la saveur poétique, la noblesse de l'inspiration et la franchise simple des idées mélodiques du *Quintette*, ainsi que l'humour de la *Sonate* en *fa* mineur. De Muhlfeld, Maurice Kufferath a dit : « A une virtuosité parfaite, il joint un velouté de son, une variété de nuances et, par-dessus tout, une noblesse et une ampleur de style qui le classent au premier rang des interprètes de la musique classique... On peut encore affirmer qu'il sait donner à son exécution la couleur, la variété d'expression, le charme, la souplesse de la voix. » L'excellent quatuor de Meiningen, composé de MM. Eldering, Funk, Abbass et Piening ravit les auditeurs par la sûreté de l'ensemble, la

délicatesse des nuances, l'exécution claire de tous les dessins, la correction sage et pondérée de tous les détails.

Le quinze du même mois avait lieu à Gand, au Cercle
des Concerts d'hiver, une audition de plusieurs œuvres,
dont le succès prit l'importance d'un évènement musical.
Les *Poèmes d'amour*, quatuor vocal, la *Rhapsodie* (op. 53)
pour contralto, voix d'hommes et orchestre, le *Trio* (op. 40)
pour piano, violon et cor, révélèrent au public gantois des
beautés qu'il ne soupçonnait guère jusqu'à ce jour.

VI. Brahms est nommé membre de l'Académie des Beaux-Arts a Paris. Sa maladie et sa mort.

Dans sa séance du 21 mars 1896, l'Académie des Beaux-Arts de France fit acte de justice en nommant Johannès Brahms membre associé. Nous avions été prié de savoir si le maître, en raison de sa grande modestie et de sa vie très retirée, accueillerait avec plaisir cette dignité. Il nous fit écrire qu'il accepterait avec grande joie une distinction aussi remarquable. Il exprimait seulement le désir que cette nomination ne lui imposât pas des obligations de correspondance qu'il redoutait beaucoup.

On sait que les *membres correspondants* de l'Académie sont au nombre de cinquante, alors qu'il n'existe que dix *associés* étrangers. Au nombre de ces derniers figuraient déjà Verdi et Gevaërt ; la nomination de Brahms avait donc une signification toute particulière. Il s'agissait de remplacer deux associés étrangers. Brahms succéda à M. Fiorelli, de Rome, et M. H. Herkomer à lord Leighton, de Londres. L'honneur fait par l'Académie des Beaux-Arts au maître allemand était un hommage rendu à son talent, on pourrait dire à son génie Aussi la nouvelle fut-elle accueillie, aussi bien en France qu'à l'étranger, avec une sympathie très marquée.

Ce fut le 20 mai 1896, deux mois après cette nomination, que s'éteignait à Francfort la digne et éminente compagne de Robert Schumann, Clara Wieck, à laquelle Brahms n'avait cessé de rendre visite, depuis la mort de celui qui avait merveilleusement pronostiqué son avenir et lui avait donné de sages conseils. Brahms fut profondément affecté par la mort de cette amie, femme exceptionnelle, musicienne d'élite, qui inspira à Schumann ses plus beaux Lieder. A ses funérailles, il ressentit les premières atteintes du mal terrible qui devait l'emporter rapidement. Rentré à Vienne, il déclina peu à peu, et ce colosse de santé fut terrassé.

Toutefois, au mois de décembre 1896, son ami Hugo Heermann nous écrivait de Francfort qu'un mieux assez sensible s'était produit dans son état : «Il y a trois semaines, il nous donna de grandes inquiétudes ; mais, depuis, il semble qu'il reprend à vue d'œil. Il a retrouvé sa gaîté, nous a affirmé le violoncelliste de notre quatuor, M. Hugo Becker, qui vient de le voir à Vienne. Hélas ! ce n'était qu'un mirage. De Vienne, où elle s'était rendue pour donner plusieurs concerts, Mlle Clotilde Kleeberg (1) nous adressait le 3 février 1897 une lettre dont nous détachons le passage suivant :

« ... J'ai été rendre visite à Brahms ; il a été fort souffrant ; il a beaucoup maigri, et son teint est jaune. Il se souvient de vous. Je l'ai engagé à venir à Paris ; cette idée lui sourit, certes ; mais il se décide difficilement, attendu qu'il parle à peine notre langue, pour ne pas dire du tout. Comme on le fêterait, s'il venait à nous ! »

Cette couleur du visage que signalait Mlle Kleeberg avait d'abord fait croire à une jaunisse. Mais le mal était beaucoup plus sérieux qu'on ne le croyait d'abord : c'était un cancer au foie. Sollicité par ses amis, Brahms avait fini

---

(1) Mlle Clotilde Kleeberg a épousé le très délicat sculpteur M. Samuel.

par consulter un spécialiste, qui reconnut vite la gravité de son état, sans cependant la lui révéler. Les eaux de Carlsbad lui furent prescrites en août 1896. Mais que pouvaient les eaux, et même les traitements les plus énergiques, contre un mal qui ne pardonne pas ? Brahms était rempli d'illusions, si l'on s'en tient à l'esprit de la lettre qu'il écrivait de Carlsbad à Hanslick : « Je suis reconnaissant à ma jaunisse de ce qu'elle m'a conduit enfin dans ce célèbre Carlsbad. J'ai trouvé ici, dès mon arrivée, de radieuses journées, telles que nous n'en avons pas eu de tout l'été. J'ai en outre une ravissante habitation chez des gens tout à fait charmants, de sorte que je me sens tout réjoui... » Le 8 février 1897, Hugo Heermann n'avait plus d'espoir : « J'ai attendu, pour vous répondre, que la santé de notre grand ami se rétablisse... Malheureusement, il n'y a plus à espérer. Je crois bien qu'il n'écrira plus rien après les funestes chants (*Quatre chants graves*, op. 121), qu'il a publiés récemment, et qui sont d'une tristesse vraiment tragique. Un de nos amis, qui vient de voir le maître à Vienne, nous apporte la nouvelle qu'il allait fort mal, et qu'on s'attendait d'un moment à l'autre à un dénouement fatal. Il était cependant si vaillant encore, lorsque je le vis à Bonn, à l'enterrement de Mme Clara Schumann. Quelle tristesse ! »

Voici sur les derniers moments de ce grand maître, les renseignements que donna M. Maurice Kufferath dans le « Guide musical » (1) :

« Le maître, très insouciant de sa nature et qui avait joui jusqu'alors d'une inaltérable santé, n'était pas homme à se soumettre aux prescriptions de la Faculté. On raconte à ce propos une jolie anecdote, qui donne bien un aperçu

_____

(1) « Le Guide musical », numéro du 11 avril 1897.

4*

de son genre d'esprit (1). A une des premières consultations, son médecin lui ordonna une diète absolue. Il lui interdit notamment, ses mets viennois favoris.

« — Mais c'est impossible, dit Brahms, je dîne ce soir avec Johann Strauss.

« — Vous n'irez pas, voilà tout, répliqua le médecin.

« — Bah ! reprit Brahms, j'irai. Je supposerai que je ne vous ai consulté que demain.

« — Et il fut au dîner de son ami Strauss.

« La cure de Carlsbad étant demeurée sans effet appréciable, et le mal étant d'ailleurs incurable, les médecins avaient fini par laisser le malade continuer à vivre à sa guise. Aussi, quoique terriblement amaigri, Brahms, jusqu'au dernier moment, n'avait cessé d'aller au *Burgtheater*, qu'il affectionnait particulièrement, — il n'allait jamais ou bien rarement à l'opéra — et assister aux concerts. Le 7 mars, à la « Philharmonique », une ovation émouvante lui fut faite, après l'exécution de sa *Quatrième Symphonie*, sous la direction de Hans Richter. Ce fut le dernier concert où on l'ait vu. Les démonstrations du public l'avaient beaucoup frappé et ému. Depuis, il se plaignait d'une extrême faiblesse et d'une lassitude constante. Enfin, le 26 mars, il s'alita pour ne plus se relever.

« Le samedi 3 avril 1897, un peu avant dix heures, Brahms a succombé. Depuis la veille, il n'avait plus parlé ; il était resté plongé dans une sorte de somnolence, sans toutefois avoir perdu connaissance. A ceux qui venaient le voir, il prenait les mains et les caressait doucement.

---

(1) L'humour de Brahms est si particulier, que nous lui consacrons un chapitre spécial. Ce ne serait pas connaître complètement l'homme que d'écarter systématiquement de sa biographie certains traits d'esprit qui le rendent plus vivant et plus vrai.

Samedi matin, vers neuf heures et demie, comme il semblait dormir, Mme Truxa, veuve d'un écrivain, chez laquelle depuis longtemps, Brahms habitait un grand appartement, entra dans la chambre à coucher et ne put s'empêcher de sangloter. Brahms rouvrit les yeux, prit les mains de Mme Truxa et eut alors une crise violente de larmes, qui dura quelques secondes. Puis, il ouvrit la bouche comme pour parler, et, au même moment, la tête retombait dans les coussins ; il était mort.

« Les funérailles furent célébrées solennellement à Vienne, le mardi suivant, à trois heures. Toutes les associations musicales de la ville, les représentants de la maison impériale, des délégués du ministère des Beaux-Arts et l'Intendance des Théâtres, les personnalités artistiques et littéraires de la capitale, de nombreux artistes, accourus de toutes les villes voisines, des délégations des Conservatoires de Berlin, Leipzig, Breslau, Hambourg, Munich, une députation de l'orchestre de Meiningen suivirent le convoi. Sur le corbillard, traîné par quatre chevaux, précédés du porte-étendard de la société *Concordia*, se voyaient deux grandes couronnes, l'une de la ville de Vienne, l'autre de la ville de Hambourg. Six grands breaks, remplis de couronnes, le précédaient. Il en était venu de toutes les villes et de toutes les associations de concerts d'Allemagne, d'Autriche, de Hollande ; deux de Belgique, l'une envoyée par la Société des concerts Ysaye, l'autre par le « Guide musical ».

Dans le hall de l'hôtel de la « Société des amis de la musique », le *Mænnergesangverein* entonna plusieurs chants religieux et, après divers discours, la bénédiction fut donnée suivant le rite protestant.

« A quatre heures, le cercueil était descendu dans la

crypte du « Bosquet des artistes »,au cimetière central.C'est
là que Brahms repose à côté de Beethoven et non loin de
Schubert. »

La gloire que, splendidement,Balzac appela le soleil des
morts, a déjà commencé pour Brahms. Sa lumière intense
ne fera que s'accroître. Dans son œuvre respire l'âme d'un
grand homme ; elle s'est envolée vers un monde plus pur, où
elle se retrouvera avec celle de Beethoven. L'artiste a
vécu ; mais ce qu'il créa avec tant d'amour restera comme
un témoin de son génie. Les habitants de Vienne ont déjà
compris l'étendue de la perte qu'ils firent. C'est à leur cité
qu'est échu l'honneur de conserver les cendres des grands
maîtres de l'art musical. Des monuments s'élèveront bientôt
à la mémoire de Brahms, non seulement dans la capitale
de l'Autriche, mais à Hambourg, sa ville natale. Son
nom sera inscrit en lettres d'or au fronton des temples de
tous les pays dans lesquels est adorée la divine muse
Euterpe. Mais le plus beau monument de sa gloire sera
l'œuvre qu'il laisse et qui grandira à travers les siècles.

VII. La querelle de Brahms et de Richard Wagner. L'ancienne et la nouvelle école. Articles de Louis de Fourcaud, de B. de Lomagne, de Le Borne, d'Adolphe Jullien. — Testament de Brahms.

La presse, en Allemagne comme à l'étranger, paya son tribut à la mémoire de Brahms. Si elle ne lui accorda pas la place qui lui est due parmi les compositeurs du XIXᵉ siècle, c'est qu'elle connaissait fort peu encore les grandes œuvres du maître : le temps n'est pas encore venu pour la glorification définitive de cette noble figure. Il en fut de même pour Beethoven.

Il n'en sera pas moins curieux et utile de reproduire, dans cette étude, les extraits des principaux articles nécrologiques publiés par la presse française.

Le plus intéressant et le plus important de ces articles, tant par son étendue matérielle que par les idées qu'il renferme, est celui que lui consacra, dans le numéro du *Gaulois*, en date du 7 avril 1897, un des maîtres de la critique française, M. Louis de Fourcaud. Nous le citerons *in extenso*, nous réservant de discuter la partie qui touche aux sentiments que professait Johannès Brahms à l'égard de Richard Wagner :

« La mort de Johannès Brahms sera partout considérée comme un deuil pour l'art musical. Ce maître, dont le nom n'éveillait guère d'écho chez nous que dans le monde des musiciens, était sans contredit, depuis la mort de Richard

Wagner, la plus haute personnalité de l'école allemande,
une personnalité très noble en elle-même et très grande
par la place qu'elle occupait. Brahms avait cette particularité, en son pays, qu'il entendait représenter un principe, et qu'il était arrivé à le représenter. On se passionnait
pour lui ou contre lui ; on se fanatisait pour ses œuvres,
ou l'on en contestait ardemment l'inspiration ; mais nul
ne se rencontrait pour discuter son talent ou dépriser son
caractère. A l'étranger, les artistes ne le nommaient qu'avec
respect. Il vivait à Vienne, solitaire, entouré de peu d'amis,
d'humeur assez fantasque, tenant par-dessus tout à son
franc parler, qui se traduisait souvent par des boutades
passablement rudes ; ses déplacements se bornaient à de
rapides voyages en Allemagne, à quelques promenades en
Suisse, à des séjours d'été en des villages Autrichiens ou
hongrois, à l'écart des routes battues.

« A des musiciens désireux de se rendre à Paris ou à
Londres, il disait : « Est-il besoin d'aller si loin pour faire
de la musique ? La gamme a-t-elle plus de sept notes chez
les Français et chez les Anglais, et les instruments son-
nent-ils ailleurs autrement que chez nous ? Notre art se
passe de commis-voyageurs. » Cette complète indifférence
aux choses extérieures était, je crois, sa note intime.

« Brahms n'eut assurément que des préoccupations
d'art pur. Il composait selon son plaisir, incapable de chercher à plaire par une concession même légère, — austère
jusque dans la recherche de la grâce. Je ne saurais m'imaginer que l'opinion qu'on avait de lui le touchât beaucoup.
Parfaitement conséquent avec lui-même, c'était à bon
droit qu'il était respecté des plus résolus adversaires de
son dogme. Car il avait un dogme : l'exclusive croyance
en la musique de concert. Le théâtre lui inspirait un

mépris profond ; il niait qu'on y pût faire œuvre de grand artiste.

« Aussi, se refusait-il à admirer Wagner et poussait-il, à son sujet, l'injustice jusqu'à la rage, non par jalousie, mais par préjugé érigé en doctrine et mis au-dessus de tout éclaircissement. Or voilà qui nous oblige à préciser, dès maintenant, la nature de sa situation si exceptionnelle. Le mérite de ses ouvrages, si grand soit-il, n'eût pas suffi à lui créer une autorité en quelque sorte pontificale. Il n'avait rien d'un chef d'école ; il n'ensemençait pas un champ nouveau ; il se contentait de faire à son gré refleurir le guéret classique. Et son prestige, aux yeux des esprits traditionnels, venait précisément de son attachement immuable aux traditions, tandis que les indépendants l'honoraient pour sa science et sa conscience de compositeur.

« Le cas de Johannès Brahms est, au fond, bien plus simple et bien plus clair que plusieurs ne le pensent. En deux mots, la hauteur de ses tendances et la richesse de sa technique étant hors de question, il y a eu, dans la sorte de principat musical qu'il a exercée, une conséquence d'un malentendu historique utile à rappeler.

« A la fin du dix-huitième siècle, la musique pure, progressivement émancipée en Allemagne des lisières de la scolastique, avait abouti magnifiquement à créer la symphonie. Haydn, Mozart et Beethoven marquèrent les grandes étapes définitives de cette triomphale marche en avant. Au théâtre, on vivait encore sur les fonds de l'italianisme. Nul souci de la pensée, domination absolue du virtuose, reléguant à l'arrière-plan l'effort du musicien.

« C'est pourquoi les maîtres avérés dédaignaient la scène, où ils n'avaient que le droit de se sacrifier et d'être inférieurs. Mozart, cependant, eut le pressentiment d'un style dramatique, noble et soutenu, expressif et libre, conforme aux conditions de son art et au tempérament de sa race. On s'en aperçoit au premier et au dernier acte de *Don Juan* et, plus encore, à mon sens, aux grandes pages du second acte de la *Flûte enchantée*. Mais la mort ne permit pas à l'homme de génie de réaliser complètement l'évidence de son rêve.

« Gluck, en ses chefs-d'œuvre, montre un idéal complexe, sous la double influence de la France et de l'Italie. Schubert, si merveilleusement dramatique dans ses *Lieder*, ne parvient pas à démêler nettement les éléments de la scène lyrique, et demeure, avant tout, grand symphoniste et prodigieux évocateur d'impressions et de visions détachées.

« On vit, un moment, le puissant génie de Beethoven attiré par les planches. Il reconnut, manifestement, la possibilité de constituer un mode théâtral où le développement symphonique envelopperait, amplifierait et vivifierait l'action. Par malheur, les temps n'étaient pas venus; son destin le détourna, après *Fidelio*, de fixer ses visées, vagues encore. Il fut le symphoniste par excellence, l'incarnation et l'exaltation souveraine de la symphonie de concert. Même, en ses contemplations sublimes du monde intérieur, aucun doute qu'il n'en soit arrivé à rabaisser le concept dramatique. Une symphonie, un quatuor, une sonate lui prenaient l'âme tout entière et l'élevaient à d'inconnues hauteurs.

« Néanmoins, de son vivant même, l'idée nouvelle se dégageait. Un illustre artiste, Charles Marie de Weber, poussé par son impérieux instinct, aborda les tréteaux et commença à les transformer. Les fictions qui le séduisirent, les *Freischütz*, les *Euryanthe* sortaient à demi du fonds légendaire et transportaient l'imagination en des régions où la réalité s'accointait à la chimère, où le génie des ballades du peuple ouvrait ses ailes en pleine nature. Avec lui, les inspirations les plus intimement germaniques se donnèrent un large essor. Les personnages, auxquels il infusait la vie esthétique, étaient à demi vrais, à demi songés. Weber tira de l'orchestre une atmosphère expressive ; il conçut une forme de symphonie pittoresque, accompagnant, encadrant, illustrant le drame. Ses ressources de grand musicien assurèrent à ses partitions une solidité, une richesse d'où naquit, pour le public, un frisson nouveau d'émotion. La cause du théâtre lyrique de l'avenir avait fait un pas immense.

« S'ensuit-il que la sympathie des musiciens ait été, du coup, acquise à l'innovation de Weber, comme celle du public ? Nullement. Au contraire, il y eut une levée de boucliers contre ses procédés jugés trop libres. Ceux qui avaient le plus franchement rompu en visière à la scolastique voyaient avec peine qu'il eût brisé les cadres adoptés et que, d'ailleurs, il conservait pour le concert. Dès lors — chose inattendue — la lutte s'engagea entre la symphonie abstraite et la symphonie pittoresque appliquée à une action. Beethoven, le premier, se déclara l'ennemi du nouveau genre. Il jeta feu et flamme contre l'auteur d'*Euryanthe*, qui lui rendit œil pour œil, dent pour dent. De l'un à l'autre, ce fut une haine, née d'un malentendu. En vérité, la musique peut se plier à plus d'un caractère, sans rien perdre de sa grandeur. Le théâtre et le concert répondent à des nécessités différentes, sont soumis à des lois d'optique dissemblables, appellent des conceptions très distinctes.

« Ils ne s'excluent pas ; ils se complètent. En élargissant la dramaturgie, au point de vue de la haute musi-
calité, Weber ne faisait que reprendre à son compte le
mouvement suscité par Mozart et Beethoven lui-même.Aux
musiciens futurs, son génie ouvrait des horizons. Son effort
annonçait celui de Wagner. Mais le malentendu devait se
prolonger, et désormais deux camps se trouvèrent face à
face,au nom de la symphonie abstraite, ne demandant rien
qu'à elle seule, et la symphonie de théâtre, soulignant la
parole et jusqu'à la pantomime des acteurs, faisant compte,
en un mot, du drame et du décor.

« Or le jour où Wagner, à force de puissance créatrice
et de hardi courage, eut établi le drame musical sur les
plus hautes et les plus fortes bases de la musique, le jour
où il se fut affirmé, sur un terrain neuf, le légitime héritier
des maîtres anciens, quelqu'un se leva devant lui, partisan
des formes classiques en toute leur rigueur, n'admettant
de nouveauté que dans le détail, pour réprouver sa conquête, pour méconnaître les aptitudes musicales du théâtre et pour crier à l'audacieux compositeur : « Tu n'iras
pas plus loin. » Et ce fut Johannès Brahms.

. . . .

« Le disciple de Schumann ne devait point, par la suite,
faire mentir, à l'égard des aspirations, de l'honnêteté et
du savoir, les assertions de son maître. La grande cantate
de Brahms intitulé le *Requiem allemand*, ses œuvres de
musique de chambre, ses symphonies et plusieurs de ses
Lieder sont d'une ordonnance,d'une dignité, parfois d'une
beauté accomplies et, toujours, d'une grande hauteur de
vue. On ne saurait prétendre que l'imagination, en lui,
soit éclatante et la sensibilité très subtile.

« Il lui arriva de faire de la musique tellement abstraite, qu'on est conduit à la juger peu spontanée. Les combinaisons se suivent et s'enchaînent ; un talent hors de
pair s'est dépensé pour le plaisir de sa propre dépense. De
beaux éclairs brillent au milieu de nobles aridités ; mais les
aridités, pour en être éclairées, n'en sont pas moins rudes.
Le compositeur est un maître, c'est évident. Nous savons ce
qu'il vaut ; nous nous épanouissons dès qu'il s'épanouit lui-
même. Au total, nous ne pouvons que le prendre comme il
est, et jamais il ne nous vient à l'esprit de le rapprocher de
Richard Wagner.

« Pourquoi lui plut-il de faire de Vienne, la ville où il
s'était fixé, la grande bastille antiwagnérienne ?

« — Parce que l'auteur de *Tristan* faisait du théâtre et
qu'il ne souffrait, lui, que la symphonie ; parce que l'auteur de *Tristan* ne se rangeait pas, même à la scène, aux
idées cataloguées, et que l'innovation s'attaquant aux
idées-mêmes le choquait. Brahms s'était posé en homme
de tradition. Le mot *création* ne revêtait, pour lui, qu'un
sens d'orgueil. Au fond, son esthétique n'était pas une doctrine ; c'était une négation. Un groupe de critiques se serra
à ses côtés ; on fit à Wagner une guerre acharnée. Des
arguments théoriques, on descendit aux quolibets, aux
anecdotes désobligeantes. Je suis loin de prétendre que
le symphoniste éminent et personnellement désintéressé
fût coupable de tous ces méfaits. Seulement, il était le chef
de la bastille.

« Le maître de Bayreuth, il faut en convenir, fut souvent agacé de ces agressions généralement injustes et, à
l'occasion, louches. Peut-être cet agacement le porta-t-il
à certains jugements excessifs, notamment contre Schumann, considéré par les antiwagnériens comme le seul dieu

de la musique moderne, après Beethoven. C'était faire
innocemment le jeu de ses adversaires. Mais,en fin de compte
qu'est-il advenu ? Wagner a triomphé partout : sa gloire
rayonne à Vienne comme à Munich, à Paris comme à Londres, et ses principes ont prévalu.

« Rien n'a pu empêcher son triomphe. Aujourd'hui,
Brahms, à son tour, se couche dans la tombe. La postérité
connaîtra ses pages les plus franches et les applaudira. Les
mêmes auditeurs pourront écouter dans la journée une
symphonie, un de ses quatuors, et le soir acclameront la
Valkyrie ou les *Maîtres chanteurs.* Qu'importe la vanité
des querelles tendant à détruire ceci au profit de cela ?
Les vaines disputes s'oublient. Tout ce qui a une grande
raison d'être, tout ce qui se réclame d'une logique grandeur, d'une authentique beauté, tout ce qui répond aux
besoins de l'âme humaine, demeure. Le concert et le théâtre n'ont rien à redouter l'un de l'autre, et la symphonie abstraite, telle que l'a réalisée Beethoven, ne nuit pas à la symphonie si grandiosement concrète réalisée par Wagner. »

Brahms n'était pas un passionné des œuvres scéniques.
La musique symphonique avait évidemment toutes ses
préférences ; mais il n'était pas un contempteur du théâtre aussi acharné que le représente M. Louis de Fourcaud.
Hans de Bülow l'avait converti à l'œuvre de G. Bizet, dont
il possédait les trois partitions suivantes : *La jolie Fille
de Perth, Djamileh* et *Carmen.* L'opéra auquel il prenait
le plus de plaisir était *Carmen.* Il garda toujours, vis-à-vis
de Wagner, dont l'art s'éloignait si diamétralement du
sien, une certaine réserve. Toutefois, il connaissait plusieurs
de ses drames et manquait rarement une représentation
des *Meistersinger* à Vienne. Il dit un jour à Hugo Heermann, à propos de quelques adversaires de la muse de

Wagner qui étaient ses amis : « C'est pourtant moi qui suis le plus grand wagnérien de tous. » Jamais il n'eut pour le maître de Bayreuth qu'une haute et sincère estime, et, lorsque ce dernier mourut, il envoya sur sa tombe une superbe couronne.

On lui en voulut, à « Wahnfried », de n'avoir jamais assisté aux représentations de Bayreuth. Aussi Wagner ne se gênait-il pas pour témoigner l'aversion qu'il avait pour l'art de Brahms. Le connaissait-il ? La lettre qu'adressa Mme R. Wagner, à Hans Richter, pour remercier la « Société des amis de la musique », à Vienne, de lui avoir fait part de la mort de Brahms, indique nettement qu'elle n'avait jamais entendu aucune des grandes œuvres du maître. On est donc forcé d'en conclure qu'elles ne furent jamais **jouées** à « Wahnfried », du vivant de Richard Wagner.

Voici cette lettre qui mérite d'être reproduite :

« Mon cher et très estimé ami,

« Les membres de la « Société des amis de la musique » m'ont fait l'honneur, à moi et à mes enfants, de me faire parvenir la nouvelle du décès de Johannès Brahms. Pour transmettre l'expression de nos remerciments pour une aussi délicate attention, je crois ne pouvoir choisir un intermédiaire meilleur et plus désigné que l'ancien ami de notre maison. Et c'est pourquoi je t'en charge. Mon éloignement absolu de la vie des concerts m'a tenue dans *une ignorance complète de l'œuvre du disparu*. A l'exception de quelques ouvrages de musique de chambre, les circonstances particulières de ma vie ne m'ont pas permis de connaître ses ouvrages si renommés. Personnellement aussi, je ne l'ai connu que d'une façon superficielle, à Vienne, dans la

loge de la direction, où il eut l'amabilité de se faire présenter
à moi. Mais son attitude vis-à-vis de notre art, qu'il était
trop intelligent pour méconnaître, encore qu'il en fût très
éloigné, ne m'est pas inconnue, et je sais qu'il fût trop
noble pour nourrir envers lui des pensées ennemies. Et
cela seul suffit véritablement pour motiver la part que nous
prenons à ce deuil. Je te prie d'en transmettre l'expression.

« Cosima WAGNER. »

On ne peut que regretter l'étroitesse de sentiments
qui a dicté ces lignes à Mme Wagner ; elles prouvent une
fois de plus l'exclusivisme intransigeant qui régnait à
Bayreuth. Tous ceux qui tracèrent le portrait de Richard
Wagner, Edouard Schuré en tête, n'ont pu s'empêcher de
révéler l'égotisme de l'auteur de *Parsifal* (1). Il ne parlait que
de ses œuvres, ne vivait qu'en elles ; les compositions de
ses contemporains n'existaient pas pour lui. Le philosophe
Nietzsche avait vainement cherché à l'intéresser aux travaux de Brahms ; il était resté réfractaire. Au contraire,
Brahms était d'une modestie excessive, accueillant avec
bienveillance ses confrères et les débutants. Il était muet
sur ses propres créations et n'aimait pas qu'on lui en parlât.
N'écrivait-il pas, le 20 août 1888, à son ami Widmann :
« Si le théâtre de Bayreuth se trouvait en France, point ne
serait nécessaire d'y jouer aussi grand, pour que le monde
entier aille en pèlerinage, afin d'admirer quelque chose
d'aussi idéal et aussi splendidement conçu.» Il disait souvent avec une certaine satisfaction qu'il était capable
d'analyser, mieux que nombre de contemporains, les par-

---

(1) On attribue encore à Wagner cette critique sur Brahms : « Quand
je mourrai, je n'aurai pas besoin du *Requiem allemand* pour mon enterrement ».

titions de Wagner. Le malentendu venait donc de Bayreuth et non de Vienne.

Quoi qu'il en soit, les jugements portés par Weber sur l'œuvre de Beethoven n'ont point empêché l'ascension du maître de Bonn aux plus hauts sommets. L'indifférence de Wagner pour l'œuvre de Brahms n'arrêtera pas l'admiration de plus en plus profonde qui se dessinera pour le merveilleux symphoniste de la fin du XIXᵉ siècle. La gloire de Wagner ne mettra pas dans l'ombre celle de Brahms : ils furent les fervents de deux arts différents.

Dans le *Figaro*, M. Alfred Bruneau ne consacra que quelques lignes à la disparition du maître, et sa conclusion ne fut pas très heureuse. Après avoir signalé la filiation de Brahms avec Beethoven et Schumann — avoir parlé du vif intérêt qu'offrent ses symphonies « en dépit d'une certaine lourdeur d'instrumentation et de style »— avoir rappelé la verve rythmique, la fantaisie harmonique des *Danses hongroises*, avoir exprimé le regret que la plus vaste de ses compositions vocales, le *Requiem allemand*, n'ait point été encore exécuté à Paris (alors qu'il fut donné par Pasdeloup aux Concerts populaires, puis par la société l'*Euterpe* à plusieurs reprises, soit à Versailles, soit à Paris), il ajoute : « Les mélodies pour chant, larges, émues, vibrantes et passionnées suffiront à *sauver de l'oubli le nom du bel artiste qui vient de s'éteindre.* » — C'est comme si un critique, parlant de Schumann, insinuait que, seuls, ses *Lieder* feront émerger son nom. Les symphonies, les ouvertures, les œuvres pour chœur, soli et orchestre, la musique de chambre, les pièces pour piano, écrites par Brahms, sont aussi belles, sinon plus puissantes, que celles de Schumann.

M. Victorin Joncières, dans la *Liberté* du 11 avril 1897, fut beaucoup mieux inspiré :

« Un grand compositeur, trop peu apprécié en France, où l'on prise avant tout la musique dramatique, Johannès Brahms, vient de mourir à Vienne, en pleine maturité de talent, à l'âge de soixante-quatre ans. C'est le dernier représentant de cette belle école allemande qui, depuis Bach et Haendel, en passant par Haydn,, Mozart, Beethoven, Mendelssohn et Schumann, a porté si haut l'art de la musique instrumentale... Quoique très personnel dans ses inspirations, très moderne en ses tendances, très hardi dans ses combinaisons harmoniques, Brahms se montra toujours respectueux de la forme et des traditions des maîtres classiques. C'est d'eux qu'il procède, et l'influence de Bach, de Beethoveen voire de Haydn, est manifeste dans certains passages de ses compositions Le public français ne connaît guère que ses *Danses hongroises*, d'une si piquante variété de couleurs, mais qui ne donnent qu'une idée très incomplète du grand musicien qui vient de disparaître. En Allemagne, à Vienne, Brahms était justement considéré comme un des plus grands compositeurs de ce siècle. Absorbés, dans ces dernières années, par la révélation des œuvres de Wagner, que nous n'avons découvert que depuis qu'il a disparu de ce monde, nous n'avons pas encore rendu à Brahms le juste hommage qui lui est dû. Pour moi qui avais en haute estime son talent si pur, son culte si désintéressé pour le grand art de la symphonie et de la musique par elle-même, je n'ai pas voulu laisser s'éteindre une si noble et si belle intelligence, sans lui payer le tribut d'admiration et de respect qu'elle m'avait inspirés. »

Sous le pseudonyme de B. de Lomagne, M. Albert Soubies écrivait le 6 avril 1897 :

« Les journaux ont annoncé la mort d'un des plus grands compositeurs de l'Allemagne contemporaine, le plus grand après Wagner, Johannès Brahms... Musicien savant, à tendances élevées, doué d'une rare entente du style, Brahms était familièrement appelé par ses admirateurs allemands un des trois B, c'est-à-dire le troisième grand artiste de la famille des Bach et Beethoven. En France, M. Hugues Imbert lui a consacré dans ses *Profils de musiciens*, une excellente notice, à laquelle nous renvoyons ceux de nos lecteurs qui désireraient des détails biographiques étendus sur le maître qui vient de disparaitre. Nous avons nous-même, au *Soir*, à cette époque lointaine où Brahms était presque aussi inconnu en France que Richard Wagner, publié plusieurs articles sur ce grand musicien qui, par une exception très caractéristique, n'a jamais abordé le théâtre. Signalons, parmi ses œuvres les plus remarquables, ses *Symphonies*, ses deux *Sextuors* à cordes, ses *Quintettes* (le dernier notamment, pour cordes et clarinettes de tout premier ordre), ses délicieux *Lieder*, ses nombreuses compositions pour le piano, et enfin son *Requiem allemand*. La musique de Brahms, essentiellement et excellemment musicale, est, de plus, une musique durable et dont la réputation dans l'avenir s'accroîtra sans doute encore. »

Une appréciation fort juste dans l'*Echo musical* de Bruxelles (18 avril 1897) : « Johannès Brahms est mort ! C'est

5·

l'une des plus grandes figures du siècle qui disparait, un
des plus beaux fleurons de cette couronne artistique dont
s'enorgueillit l'Allemagne. Son génie continua, en les mo-
dernisant, les traditions du grand art de Beethoven et
de Schumann. Bien des musiciens, particulièrement parmi
les partisans de la jeune école française, n'aiment pas son
art, qu'ils considèrent comme froid et académique ; mais
cette froideur n'est qu'apparente. C'est la perfection souveraine, la maîtrise absolue de l'artiste qui lui commu-
niquent cette gravité sereine et altière. Pour qui sait sentir
et comprendre, il y a, dans ses *Symphonies*, dans ses *Lieder*,
la palpitation d'un cœur ému, la poésie profonde d'une âme
délicate. On lui a reproché également de retarder sur ses
contemporains, d'être un classique. Quelle dérision ! classique, oui, par la beauté suprême et la perfection de l'art ;
mais le reproche de tendances réactionnaires ne peut être
formulé que par des illettrés qui ne voient pas que toutes
les audaces de la jeune école française, Brahms les a eues,
mais, qu'au lieu d'éclater crûment, elles sont dissimulées
par l'adresse et le savoir-faire. »

Le jeune compositeur M. Fernand Le Borne avait eu
l'occasion de voir Brahms à Ischl, le Vichy de l'Autriche,
et d'être reçu par lui en un modeste logement qu'il avait
loué chez de braves paysans. Aussi, dans la notice nécro-
logique qu'il lui consacra au « *Monde artiste* » du 18 avril
1897, nous donne-t-il un écho des souvenirs de sa rencontre
avec le maitre. Il rappelle d'abord qu'un certain nombre de
musiciens en France, parlant de Brahms avec indifférence,
se retranchaient derrière un grand maître français « qui
ne trouvait à louer pleinement dans l'œuvre du maitre
allemand que la *Sonate* en *la* pour piano ». Nous n'avons

pas les mêmes raisons que M. Fernand Le Borne pour taire
le nom du compositeur français, M. Camille Saint-Saëns,
puisqu'il n'a pas craint lui-même de manifester hautement
son aversion pour l'œuvre de Brahms dans plusieurs de
ses écrits, notamment dans son livre *Harmonie et Mélodie*.
« Loin de moi la pensée de suspecter la bonne foi de qui
que ce soit — écrit M. Le Borne — seulement, ne serait-ce
pas le lieu de rappeler que Brahms ne se montrait guère
enthousiaste à l'égard du maître en question ? Je sais en
lui telle réponse faite à l'excellent directeur du conservatoire de Zurich, M. Hégar, qui est bien typique. Comme
celui-ci s'étonnait de la façon assez froide dont le grand
musicien en cause était apprécié par lui, Brahms s'écria :
«Mais,pourquoi voulez-vous que je dise que j'aime sa musique, puisqu'il dit partout qu'il n'aime pas la mienne ? »(1)
Puis, évoquant le souvenir de sa visite à Ischl, M. Le Borne
ajoute : « Je ne lui cachai pas ma surprise de le voir au
courant de presque tous les ouvrages musicaux et littéraires,récemment parus tant en Allemagne qu'à l'étranger.
Les faits divers,les crimes parisiens lui étaient même connus
— « Que voulez-vous que je fasse — me dit-il simplement
— les journées sont si longues ! ». Et de fait, Brahms, en
dehors de ses visites à Johann Strauss, qu'il admirait beaucoup, et à Goldmark, avec lequel il était lié depuis de nom-

---

(1) Il faut croire qu'à une certaine époque, l'antagonisme qui s'était
élevé entre les deux maîtres s'était un peu apaisé, puisque, après l'audition de la 2ᵉ *Symphonie* en *la* mineur de Saint-Saëns à Vienne, Brahms
écrivait, peu de mois avant sa mort, au compositeur français pour le
féliciter. Il admirait l'élégance, la sobriété, le charme de cette œuvre, et
il ajoutait qu' « une telle Symphonie, exécutée dans les Conservatoires,
devrait servir de modèle aux jeunes gens qui étudient la composition et
se proposent de cultiver le genre symphonique ». Ces lignes de Brahms
à Saint-Saëns ont été révélées par M. Ch. Malherbe dans la Notice écrite
par lui sur la *Symphonie* en *la* mineur de Saint-Saëns et insérée dans le
programme du Concert Colonne en date du 16 février 1902.

breuses années et chez lequel il allait, de temps en temps, passer un jour ou deux à Gmunden, ne voyait absolument personne, durant les mois qu'il vivait à la campagne. Aimant par-dessous tout la nature, il se promenait fréquemment dans les endroits solitaires, rêvant à l'œuvre projetée ou au morceau commencé. »

Comme de toutes les appréciations, données par les uns et les autres, se dégage une figure noble, se campe en pleine lumière un artiste amoureux uniquement de son art et de la nature, où il puisait, ainsi que Beethoven, ses plus belles inspirations, peu soucieux de plaire aux Philistins, absorbé par la forme symphonique au point d'oublier un peu que le théâtre existât, bien digne de former avec Bach et Beethoven la pléiade des trois B, remarquable par l'austérité de sa vie, curieux à étudier au double point de vue de la gravité et de l'humour de son caractère.

Un des nôtres, et non le moins autorisé, M. Adolphe Jullien fit de lui, un an après sa mort, un portrait fort ressemblant que publia la *Revue internationale de musique* Pour compléter les jugements émis par la presse française et belge sur le génie disparu, il n'est que juste de transcrire les parties les plus en vue de l'étude de M. Adolphe Jullien :

« Le grand musicien qui est mort à Vienne, il y a jusun an, dans l'isolement volontaire où le célibat et son caractère un peu sauvage et bourru l'avaient confiné, était de la lignée des artistes de génie et de ceux auxquels la postérité accorde, tôt ou tard, la couronne d'immortalité. De son vivant déjà, il avait occupé une position considérable, et s'était vu classer parmi les maîtres de la musique contemporaine, et cela par la seule force de ses productions, par le seul rayonnement de la science et de l'inspiration ; car nul, dans la famille des musiciens, ne fut plus que lui réfractaire à la réclame ; aucun compositeur ne répugna davantage à se mettre en avant, à aider de quelque façon que ce fût à la réussite de ses ouvrages. Tout au contraire, par la vie qu'il menait, obscur et tranquille à côté d'amis qu'il n'en aimait que plus chaudement, par son horreur des réunions mondaines et des faux semblants d'estime ou d'affection qui y ont cours, par la rudesse de son langage , quand il se trouvait en face de prétendus connaisseurs, il aurait plutôt contribué à enrayer le succès de ses œuvres, à éloigner de lui tous ceux (et ils sont légion) qui sont beaucoup plus sûrement conquis par une obséquiosité mielleuse que par le pur génie. Il n'en fut rien cependant : sans nulle condescendance envers le public, sans nulle flagornerie envers ses juges, en ne travaillant que comme il l'entendait, et pour se contenter lui-même avec quelques amis, Brahms s'imposa vite à l'admiration de ses compatriotes et vit sa réputation franchir peu à peu, mais tout naturellement, les bornes de son pays. Il fut, dans toute la force du terme, un caractère. Saluons-le donc bien bas ; car ils ne sont pas nombreux, ceux de sa trempe, dans le monde musical ou ailleurs.... »

Un tel début fait pressentir la physionomie générale de l'article, qui est, en somme, un plaidoyer en faveur du maître, que l'éminent critique des *Débats* tenait en haute estime, de longue date. L'étude est trop développée pour qu'il soit possible de la publier *in extenso* ; il suffira de transcrire le passage relatif à l'état de rivalité qui s'était établi entre les partisans de Wagner et ceux de Brahms :

« L'antagonisme qui s'est dessiné peu à peu dans l'école allemande entre les tenants de Wagner et ceux de Brahms, l'hostilité, d'abord latente, qui a fini par éclater entre ces deux partis, provient surtout d'un malentendu, comme l'a déjà fait observer un de mes confrères qui admire à bon escient Johannès Brahms, M. Hugues Imbert. Cette rivalité, qui n'aurait pas dû se produire, étant donné que chacun des deux compositeurs avait son terrain d'action nettement délimité, a eu pour origine l'exclusivisme des défenseurs de Wagner, ne voulant pas admettre qu'un autre musicien que leur chef fixât l'attention du monde musical en Allemagne, fût-ce par des œuvres d'un tout autre caractère, et allant jusqu'à réclamer pour Wagner, pour lui seul, le titre glorieux d'héritier de Beethoven, titre qu'ils déniaient à Brahms en affectant de ne voir en lui qu'un régent d'école, un musicien plus ou moins savant, d'inspiration médiocre et d'influence à peu près nulle. A cette appréciation par trop dédaigneuse, il était facile de répondre — et c'est ce que firent tous les partisans de la musique instrumentale pure — en exaltant Brahms peut-être outre mesure, en l'opposant à Wagner comme le défenseur et le continuateur des chefs-d'œuvre qui faisaient la gloire traditionnelle de l'art allemand. Et, de ce jour, une hostilité toute d'école, mais qui n'eut jamais rien de personnel, s'affirma nettement entre les partisans de Wagner et ceux de Brahms, entre leurs partisans bien plus qu'entre eux.

« Au surplus et malgré le mordant des reparties que les journaux colportèrent quand il eut passé de vie à trépas, Brahms était loin d'avoir un tempérament de combat au même degré que Wagner ; c'était plutôt un contemplatif très attaché aux idées qui lui étaient chères, et qui vivait absorbé par l'idéal dont il s'était épris, sans attaquer le tiers ni le quart autrement que par quelques pointes ou quolibets qui ne dépassaient pas le cercle de ses amis. Il était singulièrement exagéré d'avancer, comme on l'a fait après sa mort, qu'il « se refusait à admirer Wagner et qu'il poussait l'injustice jusqu'à la rage, non par jalousie, mais par préjugé érigé en doctrine et mis au-dessus de tout éclaircissement » ; il aurait été plus vrai de dire qu'il traitait Wagner exactement comme les autres musiciens ayant travaillé pour le théâtre, que la musique dramatique avait peu d'attraits pour lui et que, s'il avait pris connaissance des œuvres du créateur du drame lyrique, il ne les avait certainement pas entendu toutes exécuter. En effet, s'il se rendait parfois au théâtre pour y entendre une œuvre nouvelle, il y restait bien rarement au delà du premier acte ; entre tous les opéras modernes, c'était *Carmen*, de Bizet, qu'il mettait en première ligne, et jamais on n'avait pu le décider à se rendre à Bayreuth. Voilà les particularités les plus saillantes que ses amis des derniers jours ont pu fournir sur le goût plus que modéré de Brahms pour la musique dramatique, et il aurait été bien surprenant qu'un timide, un réservé comme lui se fût départi de cette belle indifférence, uniquement en ce qui concernait Richard Wagner. »

M. Adolphe Jullien, en cette excellente étude, met les choses au point, et estime, comme nous, que Johannès Brahms, en produisant dans le genre symphonique des œuvres de haute envergure, n'a fait que confirmer la grande opinion que Schumann avait eue de son génie, à l'aurore de sa vie.

Ce serait sembler recourir à une réclame personnelle,
ce qui est cependant loin de notre pensée, ou abuser de la
patience de nos lecteurs que de reproduire ici les nombreuses lettres à nous adressées par les admirateurs du maître,
au lendemain de sa mort. Nous nous contenterons de citer
celle-ci, émanant de l'un des critiques les plus éminents de
l'Allemagne, et qui fut l'ami intime de Brahms :

Meran (Tyrol), 22-4 1897.

« CHER CONFRÈRE,

« Avec vous, je pleure celui qui n'est plus ! Je connais
bien les grands services que la musique allemande et surtout celle de Brahms vous doivent.

« Excusez cette petite lettre ; je suis actuellement trop
souffrant pour en écrire une plus longue.

« Votre bien dévoué.

« Edouard HANSLICK »

C'est au docteur Ed. Hanslick que Brahms avait confié,
quelques années avant sa mort, un papier contenant ses
dernières volontés. Il s'était empressé de remettre le pli à
M. Simrock, l'éditeur berlinois, le plus jeune des trois meilleurs amis de Brahms. Celui-ci avait retourné le document
au maître en lui faisant remarquer qu'il n'avait aucune
valeur légale. Huit semaines environ avant la catastrophe
finale, Brahms avait prié un autre de ses amis, le Dr Fellinger, avocat, de rédiger un testament en bonne et due
forme, après l'avoir mis au courant de toutes ses intentions.
Le projet de testament fut rédigé, et on le retrouva parmi
les papiers du maître, malheureusement non recopié de

sa main et non signé. Bien qu'il fût l'expression de ses dernières volontés, cet écrit ne constituait pas un véritable
testament, puisqu'il y manquait les formalités les plus in-
dispensables.

L'intention de Brahms avait été de laisser toute sa fortune, évaluée 285.000 marks, déduction faite de quelques legs
à la « Société des amis de la musique », qui fonda et subsidia
de ses deniers le Conservatoire de Vienne, ainsi que les concerts de la « Société philharmonique », dont il avait été
le chef d'orchestre, et à la tête de laquelle se trouve actuellement Hans Richter. En l'année 1896, Brahms avait fait
don à cette *Société des amis de la musique* d'une somme de
six ou dix mille florins pour la fondation de bourses de se-
cours et de voyages en faveur des jeunes musiciens peu for-
tunés.

Brahms n'avait pas d'héritiers directs. Sa belle-mère,
seconde femme de son père, et une fille de celle-ci, vivant à
Hambourg, étaient secourues par lui depuis nombre d'années. Il avait tenu secrète cette libéralité, et ses plus intimes amis, Hanslick, Simrock et Fellinger ne l'apprirent
qu'après sa mort.

VIII. — Triomphe de Brahms en France. — Jugement de M. Camile Bellaigue

Depuis la disparition de Brahms, on pouvait espére ·
que ses œuvres, dont la réputation n'avait guère dépassé
les limites du cénacle qui se forme d'habitude autour d'un
génie naissant, ou les frontières de son pays, s'épanouiraient
assez vite à l'étranger. Il faut reconnaître que, malgré les
efforts très réels faits en France par quelques apôtres du
maître, son œuvre n'a pas encore atteint l'apogée auquel il
arrivera un jour. Le 5 janvier 1898, M. Armand Parent
donnait, avec le concours de Mlle Cécile Boutet de Monvel
Mlle Mary Ador, MM. Baretti, Lammers et Denayer, une
séance dont le programme était entièrement consacré à
la mémoire de J. Brahms. M. Edouard Nadaud le suivait
bientôt dans cette voie. Le 18 du même mois, sa première
séance à la salle Pleyel était composée exclusivement
d'œuvres du maître. Il avait pour partenaires Mme George
Hainl, MM. Gibier, Trombetta, Cros Saint-Ange. Ce fut
dans cette séance qu'on entendit les *Poèmes d'amour* (op.
52), six valses chantées, pour quatuor vocal, par Mlles J.
Hatto, J. Truck et MM. Demauroy et Rothier, élèves du Conservatoire, sous l'intelligente direction de M. Georges Marty.
Charmante révélation pour ceux qui n'avaient point encore
entendu ces poèmes si personnels! Le 1er février, à la
salle Erard, MM. J. Philipp, G. Remy et Reine exécu-
taient le *Trio* (op. 40) pour piano, violon et cor.

Dans deux auditions données, les 2 et 5 avril 1898, par l' « Union pour l'action morale », Mme Heuka Schjelderup faisait entendre plusieurs des beaux *Lieder* du maître, notamment les *Quatre chants graves*, sa dernière œuvre !

Enfin, MM. A. Parent et Baretti inscrivaient encore au programme de leur huitième et dernière séance (22 avril 1898), le *Quintette* (op. 34) pour piano et cordes, le *Sextuor* (op. 18) pour cordes, et une série de *Lieder*, chantés par Mme Marie Mockel. Et c'était un nouveau fervent des œuvres du maître, M. J. d'Offoël, qui écrivait les lignes suivantes, dans le « Guide musical » :

« Cette séance du 22 avril ne fut qu'un long triomphe pour le compositeur, ainsi que pour ses excellents interprètes, et fournit la preuve éclatante que le public est loin de partager pour Brahms le mépris où semblent le tenir notre jeune école et les représentants de l'art officiel. Et de fait, en présence du parti pris qu'exige chez ceux qui la lancent, l'accusation de froideur portée à tout propos contre Brahms, on finit par se demander s'il n'y a pas sous roche quelque question d'intérêt personnel et si, en étouffant un rival, ce n'est pas surtout une comparaison que l'on veut éviter. Froid, cet admirable *Quintette* (op. 34), que l'on peut comparer aux plus belles inspirations de Beethoven et de Schumann, avec son fougueux *Allegro*, son *Andante* d'une si intense expression, son *Scherzo* si curieusement rythmé, son *Finale* d'une populaire intimité traversée par de dramatiques éclairs ? Si c'est là de la musique froide, il serait à désirer que beaucoup de musiciens connussent le secret de cette froideur. Le *Sextuor* en *si* bémol, bien que conçu dans une autre ligne, n'est ni moins beau

ni moins intéressant. Antérieur au *Quintette*, il se ratta-
che plus directement à la grande inspiration classique de
Beethoven et de Mozart ; rien n'est plus curieux que d'entendre ces nobles phrases traitées par la fantaisie rythmique et les procédés originaux de Brahms. Signalons, dans
l'*Allegro ma non troppo*, le beau chant du début, confié au
violoncelle, l'*Andante* aux variations étincelantes, l'*Allegretto* plein de grâce et de douceur, le tout enveloppé d'une
instrumentation somptueuse, puissante, vigoureuse et
souple à la fois, constamment évocatrice de l'orchestre.
Huit *Lieder*, chantés dans un sentiment très juste par
Mme Marie Mockel, complétaient le programme. Nous avons
surtout remarqué: *Mes yeux en plongeant dans tes yeux*, —
Souvenir, — *Sur le lac* — et *D'amours éternels*, qui
placent à coup sûr Brahms sur le même rang que les
maîtres du *Lied* allemand, Schubert, Schumann, Robert
Franz. »

Voilà donc une véritable conversion faite à l'audition
de pages écrites par Brahms pour la musique de chambre.
M. d'Offoël ignorait presque le maître, et, dès qu'il entend
l'*Andante* du *Quintette* pour piano et cordes, il devient admirateur convaincu. Il avoue qu'il a été ému, comme il
ne l'avait pas été depuis un long temps. Ainsi il en adviendra
à ceux qui, sans parti pris, étudieront et approfondiront
sa musique de chambre et ses *Lieder* : c'est par ce côté
de son génie que l'on arrivera à en saisir la grandeur.

Le Directeur du Conservatoire de Paris, M. Théodore
Dubois, était un converti de moins récente date ; car il ne
fut pas étranger à la nomination de J. Brahms comme
membre associé de l'Académie des Beaux-Arts de France,
en mars 1896. De plus, il fit inscrire, le 18 mai 1898, des

fragments du *Requiem allemand* sur le programme de l'exercice des élèves du Conservatoire.

A Vienne, les amis et admirateurs du maître ne restaient pas inactifs. Ils avaient compris que la ville qui avait recueilli les cendres des grands maîtres tels que Haydn Mozart, Beethoven, Schubert, et avait élevé des monuments à leur gloire, ne pouvait oublier Johannès Brahms Un comité préparatoire, dont faisaient partie les personnages les plus marquants dans les arts, avait fait, à la date du 3 avril 1898, anniversaire de la mort du maître un appel au public du monde entier, dans le but de lui ériger une statue dans la capitale de l'Autriche. Ce comité donna à la souscription un caractère international, et s'adressa à tous ceux qui furent profondément émus par ses belles compositions ; c'est ainsi, du reste, que doit être comprise la devise : « *Pas de frontières pour l'art.* » On voulut bien nous prier d'entrer dans le comité définitif d'exécution et d'user de notre influence pour ouvrir une souscription en France. Le montant des sommes recueillies ne pouvait être important, eu égard au caractère d'intimité qui avait été donné dès le principe à la manifestation. Ces sommes s'élevèrent à 735 fr. Si l'on y ajoute celles récoltées directement par Mlle Marcella Pregi, on obtient un total de 990 fr (1). La souscription n'en aura pas moins été une modeste fleur jetée sur la tombe du grand maître.

(1) Voici les noms des souscripteurs :
Mme J. Bedel, René de Boissoudy, H. de Curzon, Dr Dubief, A. d'Echérac, E. Gigout. Mme Grenet, Félix Grenier, Mme Hellmann, H. Imbert, A. Imbert, Vincent d'Indy, Paul Lacombe, A. Lascoux, P. Leblanc-Duvernoy, Ch. Malherbe, H. Marteau, G d'Offoël, I. Philipp, Mme Roger-Miclos, Dumont Saint-Priest. M. de la Sizeranne, Albert Soubies, Ch. M. Widor Abbiate, René de Boisdeffre, Mme Chanoine-Davranches, Ernest Chausson, Joseph Debroux, Th. Dubois, Gabriel Fauré, Mme Berthe Marx-Goldschmidt, Daniel Herrmann, Dr Paul Petit, Raoul Pugno, Louis de Romain,

Les auditions des œuvres de Brahms, sans prendre une
grande extension, conquirent cependant des sympathies
de plus en plus nombreuses. Parmi les séances de ces dernières années, il faut encore signaler les exécutions du
Requiem, par la société l'*Euterpe*, au Cirque des Champs-
Elysées (23 mars 1899) et par la Société des Concerts
du Conservatoire, les 3 et 14 avril 1900. M. P. Taffanel, le
très intelligent chef d'orchestre de l'Opéra de Paris et du
Conservatoire, qui ne fut point un des derniers à reconnaître la beauté de l'œuvre de Brahms, mit à l'étude le
Requiem allemand, avec un zèle louable et un véritable
souci de la perfection. Si l'œuvre n'eut pas le chaud accueil
auquel elle avait droit, c'est qu'au Conservatoire, il faut
conquérir ses grades à l'ancienneté..., et Brahms y est en -
core un nouveau venu. Il est, du reste, de ces chefs-d'œuvre
qui ne frappent pas immédiatement l'esprit des foules,
ni même celui des personnes ayant une certaine culture
de l'art. Une ombre voile encore à nombre d'amateurs de
la divine musique les beautés sévères et tendres à la fois
de cette page religieuse, superbe association de l'art classique à l'art romantique. Pourquoi ? C'est que, peut-être
lorsqu'il mit son art si profondément émouvant au service
des textes sacrés, J. Brahms donna à sa musique un
caractère quelque peu austère et rude, qui exige de
l'auditeur non encore versé dans la connaissance de
son œuvre une étude préliminaire suffisamment labo-
rieuse.

Il faut savoir gré à M. Camille Bellaigue d'avoir rendu
hommage au génie de Brahms en publiant dans la « Revue

Edouard Schuré, Ernest Thomas, Ferdinand Watel, M⁽ˡˡᵉ⁾ Marcella Pregi,
Georges Alary, Armand Parent, Louis Diemer, E. Mocqueris, Henri
Falcke, Pauline Viardot, Périlhou, M⁽ˡˡᵉ⁾ Jeanne Lyon, M⁽ᵐᵉ⁾ Louise Ott.

des Deux Mondes » une fort belle étude sur son *Requiem allemand* (1). Nous n'en citerons que ces quelques lignes très significatives :

« Cette musique apparaît très pure, très pieuse, à la fois puissante et douce. Volontairement isolée, contemporaine et indépendante de la réforme wagnérienne, on dirait qu'elle l'ignore ou la dédaigne. Elle ne proteste pas ; elle atteste seulement qu'en dehors d'un mouvement en apparence irrésistible, au-dessus d'un flot qui menaçait de tout engloutir, quelque chose de grand a pu naître et demeure. Le *Requiem allemand*, c'est un sommet très haut, très fier et non submergé. Musicien conservateur, qu'est-ce donc que ce musicien a conservé ? Tout simplement l'un des modes et comme l'une des catégories les plus admirables de la pensée humaine s'exprimant par les sons : le génie classique allemand. »

En cette étude de M. Camille Bellaigue, la pensée et la forme sont adéquates.

(1) *Revue des Deux-Mondes*, 15 octobre 1898. « Un grand musicien conservateur».

IX. La fête de Meiningen en l'honneur de Brahms

Dans la ville de Meiningen, en Thuringe, où furent exécutées souvent les œuvres des trois B, eut lieu les 7, 8, 9 et 10 octobre une fête touchante et imposante. Il s'agissait de procéder à l'inauguration du monument érigé à la mémoire du maître, un simple buste fort ressemblant, dû au ciseau de M. A. Hildebrand. L'artiste semble avoir bien rendu le superbe développement du front, que laissent à découvert les cheveux rejetés en arrière, la majesté de la figure avec la profondeur des sentiments qu'elle reflète et la barbe fluviale très caractéristique.

L'ami fidèle, le grand violoniste Joachim, avait tenu à participer à cette fête musicale avec les partenaires de son quatuor.

La cérémonie inaugurale fut consacrée à l'exécution du *Requiem allemand* et du *Chant de triomphe* de Brahms, sous la direction intelligente de M. Friz Steinbach. C'est lui qui conduisit également les trois concerts suivants, dans lesquels une large place fut faite aux œuvres du maître de Hambourg. Ce fut une revue de ses principales compositions : les deux *Symphonies* (n°ˢ 2 et 4), l'*Ouverture tragique*, le deuxième *Concerto* pour piano (Eugène d'Albert) le *Concerto* pour violon (Joachim), les *Quatre Chants graves* (Vier ernste Gesänge) pour voix de basse, œuvre 121, la dernière (Dr Kraus), la *Rapsodie* pour voix d'alto

(Mlle Osborne), avec orchestre et chœur, et les *Variations* pour orchestre, sur un thème d'Haydn.

Jean Sébastien Bach, Beethoven, Mozart, Schubert, les grands ancêtres de Brahms, étaient de la fête. De Bach, on exécuta le Dialogue (Selig ist der Mann) pour soprano (Mme d'Albert), basse (M. Kraus) et chœur, puis le deuxième *Concerto* pour trompette, flûte, hautbois et violon ; — de Beethoven, la *Neuvième Symphonie* et le *Concerto* pour violon (Joachim);— de Mozart, le *Concerto* en *la* majeur pour piano (L. Borwick);— enfin, de Schubert, la Symphonie inachevée.

Entre ces grands concerts symphoniques avaient été intercalées des séances de musique de chambre, en matinée, où furent entendus des quatuors de Haydn, Beethoven, Schumann, le *Quintette* (op. 163) de Schubert, le *Sextuor* à cordes (op. 18) de Brahms et son *Trio* pour clarinette, violoncelle et piano.

Les fêtes se terminèrent pas deux représentations de *Fidelio* de Beethoven.

Les organisateurs de cette belle manifestation artistique avaient eu le soin de réunir au petit Palais de Meiningen une collection de toutes les œuvres du maître disparu, ou des objets le concernant : lettres, manuscrits, études et notices parues sur lui dans tous les pays, notamment en Allemagne et en France, portraits, photographies et plusieurs bustes, parmi lesquels on en distinguait un, très beau, de Maria Fellinger, à côté de celui dû au sculpteur Hildebrand, auteur du monument commémoratif.

***

Soutenant une thèse qui nous est chère, Louis Lacombe, dans son intéressant ouvrage *Philosophie et Musique* (1), écrivait : « Quand viendra-t-il, ce moment suprême où l'art brisera toutes ses chaînes pour planer dans la lumière et jeter sur les diverses nations du globe les immortels rayonnements de l'infini ? Quand sonnera-t-elle, cette heure formidable, ardemment désirée, où l'art éveillera au cœur de tous un profond et solide sentiment d'amour fraternel, et où les frontières qui séparent les hommes seront enfin effacées par ses efforts et par ceux de la science ? »

Le moment suprême arrivera lorsque les foules, instruites par les âmes d'élection, auront fini par comprendre que Rembrandt est aussi beau à Paris qu'à Amsterdam ; le grand Léonard, aussi superbe à Londres qu'à Florence, et que Beethoven, Schumann, Brahms, Berlioz sont les citoyens de l'universelle patrie, sans frontières. On s'agenouillera devant leurs œuvres, en tous les pays où la religion de l'art est pratiquée.

L'heure a déjà sonné pour Beethoven ; elle vient seulement de sonner pour Schumann et Berlioz ; elle sonnera prochainement pour Brahms.

(1) 1 vol. gr. in-8°, Paris, Librairie Fischbacher 1896.

X. L'humour de Brahms. Anecdotes

Dans sa belle étude sur Chateaubriand, Sainte-Beuve expose quelques-uns des principes, quelques-unes des habitudes de méthode qui le dirigeaient dans l'étude critique des littérateurs. Sa théorie, exposée avec la lucidité et la finesse qui lui sont particulières, peut s'appliquer également à la mise en lumière de tous les personnages appartenant aux arts et aux sciences. Si elle était appliqué avec soin, nous avons lieu de croire que la nature du talent et de l'esprit des modèles serait mieux connue, mieux appréciée. Le portrait physique et moral serait plus vrai. Sainte-Beuve affirmait qu'on ne saurait trop multiplier et renouveler les occasions d'observer l'homme, de son vivant, et, lorsqu'il n'est plus, de faire comme pour un procès, « de rassembler toutes les preuves, toutes les dépositions, de manière à régler, au moins dans ses articles principaux, un jugement, un *arrêt* ».

Nous voudrions, adoptant les conseils du maître de la critique, présenter Johannès Brahms sous tous ses aspects. Il se livra peu : ses amis intimes pourraient peut-être éclairer plus complètement quelques côtés de son caractère, mettre son âme à nu. Son œuvre, sans doute, explique assez clairement ses tendances. Il n'en est pas moins vrai que ses habitudes, ses pensées intimes, ses tics familiers sont utiles à connaître, pour que l'on puisse dire : « Je connais l'homme aussi bien que l'artiste. »

Ne l'ayant point approché, il nous a fallu réunir nombre de documents, afin de former un faisceau de preuves.

N'est-ce point le philosophe genevois, Frédéric Amiel qui affirmait que « les vrais artistes, les vrais philosophes les vrais religieux ne s'arrangent guère qu'avec la simplicité des tout petits enfants ou la sublimité des chefs-d'œuvre c'est-à-dire avec la nature ou le pur idéal. »

On pourrait ajouter que ceux qui aiment l'enfance ont un fonds de bonté native, que la fréquentation des hommes a pu gâter, mais que l'on retrouve quand même. Brahms avait l'adoration des tout petits. Comme il les comprenait ! Se mêlant volontiers à leurs jeux, il se sentait à l'aise parmi eux. Ses poches renfermaient toujours des bonbons à leur intention, et lorsqu'il se rendait en visite chez des amis, on le voyait souvent quitter le salon dans lequel se trouvaient les grandes personnes, pour aller dans la *Kinderstube*, où sa bonne humeur ne tarissait pas en jouant avec les petits, et même en leur tenant de longues conversations. Nouvel Henri IV, il s'amusait à les porter sur son dos. Pendant la cure qu'il vint faire à Carlsbad, en septembre 1896, Brahms qui, à Vienne, refusait les invitations des plus hauts personnages, se plaisait à rester des heures dans le modeste atelier de son logeur ou à fréquenter les enfants qui se trouvaient dans la rue, et pour lesquels il inventait les plaisanteries les plus variées.

Cette touchante affection de Brahms pour les enfants ne corrige-t-elle pas ce que son caractère pouvait avoir de rébarbatif pour les gens du monde et, disons-le, surtout pour les importuns qui venaient frapper à la porte de sa tour d'ivoire ? Ils furent nombreux, ceux qui cherchèrent

à obtenir de lui son opinion sur leurs œuvres ou à lui arracher un autographe (1).

Un compositeur, Jules Betz, raconta lui-même, dans la
Neue Freie Presse de Vienne, comment, malgré toutes les
difficultés connues, il parvint à lui remettre une mélodie
et à avoir son avis. Après l'avoir repoussé plusieurs fois,
Brahms lui dit un jour : « Allons, ne vous chagrinez pas
Je n'ai point voulu vous faire de la peine. Si je suis un peu
rude, c'est que j'ai eu beaucoup à souffrir des hommes ;
cela m'a rendu un peu craintif et misanthrope... ! Maintenant, confiez-moi votre mélodie pour que je la regarde
et que je vous donne franchement mon opinion. » Tout
heureux, Betz lui remit son manuscrit, que la poste lui
renvoya l'après-midi même. Anxieux, il cherche les correc-
tions que Brahms a pu faire : il n'y en avait pas. Mais,
jetant par hasard les yeux sur le texte, il remarqua plusieurs mots soulignés à l'encre rouge : *Es ist nichts.* Rapprochés, les trois mots formaient le jugement du sarcas-
tique compositeur : *Ce n'est rien !*

Les obsessions des chasseurs d'autographes l'exaspé-
raient. Forcé de tracer quelques lignes sur un album, il
écrivit plusieurs mesures de mélodies, inscrivit au-dessus:
« Pour le texte, voir Brahms, *Poèmes d'amour* », et au-dessous : « Pas moyen de se défendre des gens » ! On recou-
rait à des stratagèmes qui ne réussissaient pas toujours.
Une lettre ainsi conçue lui fut remise un jour : « Les épées
que vous avez commandées vous seront envoyées dans
cinq jours. » L'adresse du correspondant s'y trouvait.
Etonné, Brahms fut sur le point de répondre qu'il n'avait

(1) La plupart des anecdotes insérées ici ont été puisées à des sources
diverses, mais sûres. Quelques-unes ont été extraites de Revues étrangères.

rien commandé. Réflexion faite, il s'abstint..., et les fameuses épées n'arrivèrent jamais. C'étaient les conséquences forcées de la célébrité qui lui attiraient toutes ces petites mésaventures.Le docteur Grünberger,qui lui donna des soins, lors de son dernier séjour à Carlsbad, désirait vivement obtenir quelques lignes de lui; mais Brahms avait fait la sourde oreille. Peu de temps après, les circonstances permirent au docteur d'entrer en possession de l'autographe désiré.En effet, Brahms, au moment de quitter Carlsbad, lui remit une enveloppe fermée,sur laquelle il avait écrit »: «Avec les meilleurs remerciements ! Johannès Brahms. » Et, comme le docteur souriait joyeusement : « Vous riez déjà, lui dit le compositeur,et vous ne savez pas encore ce que l'enveloppe contient. » — « Cela m'est égal, repartit l'autre, l'important pour moi, c'est ce qu'il y a dessus. »

L'humour de Brahms lui attira certes plus d'ennemis que d'amis. C'était chez lui une disposition d'esprit dont il ne pouvait s'affranchir et qu'il tenait de son père, un homme rude du nord.On sait que ce dernier était contrebassiste au théâtre de Hambourg. Son chef d'orchestre lui faisait remarquer qu'il jouait trop fort : « *Herr Kapellmeister*, lui répondit-il aussitôt, ceci est ma contrebasse,et je puis jouer dessus aussi fort qu'il me convient. » Johannès Brahms exagéra encore cette causticité ; il y prenait un certain plaisir,ne songeant pas à molester ceux auxquels il adressait ses boutades, car son âme charmante d'enfant, sa droiture, la culture de son esprit, sa vie faite de noblesse,de dignité, de simplicité et de bonté, cette dernière un peu trop cachée derrière l'écorce rude et noueuse, le placent au nombre des âmes d'élite.

Un volume ne serait pas trop vaste pour relater toutes

les anecdotes relatives à cet humour. Il suffira d'en citer quelques-unes des plus caractéristiques.

Un professeur de chant très connu à Vienne, qui jouait, à l'occasion, du violoncelle, priait un jour J. Brahms d'exécuter avec lui sa deuxième *Sonate* en *fa* majeur pour piano et violoncelle. A peine l'œuvre était-elle commencée que le violoncelliste, un peu gêné par la manière vigoureuse dont son illustre partenaire attaquait le clavier, ne put s'empêcher de s'écrier : « Mais, mon cher Brahms, je ne m'entends pas ! » — « Heureux homme», murmura le compositeur. Rappelons que Brahms était loin de jouer avec correction et en technicien ; il ne visait qu'à la grande impression, et il l'obtenait. Si son jeu était extrêmement libre, il faut reconnaître que les libertés prises par lui étaient toujours musicalement motivées. C'était surtout dans la lecture de la musique à première vue qu'il était remarquable. En un mot, il jouait en compositeur plutôt qu'en virtuose, et on ne pourrait mieux définir son jeu qu'en se reportant en pensée à la façon dont Beethoven, d'après ses commentateurs, jouait du piano.

Un soir qu'il quittait une des réunions intimes où il se rendait de temps à autre, il s'adressait ainsi à la maîtresse de maison : « Adieu, chère amie! Si par hasard j'avais oublié de blesser quelqu'un de votre estimable compagnie, veuillez m'en excuser. »

Ainsi, cet homme qui observait une grande réserve lorsqu'on cherchait à connaître son opinion sur les œuvres de ses contemporains, se montrait , au contraire, plein de verve railleuse lorsqu'il se trouvait en petit comité.

Brahms, qui n'aimait ni l'Angleterre, où cependant ses œuvres étaient appréciées, ni la France, qu'il ne visita jamais, avait un faible pour l'Italie. Il y fit plusieurs voyages avec un ami intime, M. J. V. Widmann, qui consigna ses souvenirs dans une étude qui a été publiée et laissa entrevoir la figure du maître s'épanouissant sous le beau ciel du midi. On sent que cet homme du nord, à l'exemple de nombre de ses compatriotes, se grise de l'ensorcelante lumière de l'Italie. Ce qui l'attire, ce n'est point la musique que l'on exécute dans ses théâtres ou dans ses églises, mais c'est le peuple, avec lequel il fraternise, c'est la belle limpidité de l'atmosphère, ce sont encore les délicieux sites et les chefs-d'œuvre du passé. Comme un barbare qui a vécu sous les nuages du nord, il se plonge en cette voluptueuse impression du chaud soleil. Il aimait *Carmen* de notre Bizet, pour sa merveilleuse clarté et son charme méridional.

Le savant musicien de Zurich, Hégar, qui avait accompli un de ces voyages dans la Péninsule, avec Brahms et Widmann, nous racontait que Brahms recherchait de préférence, pour y descendre, les hôtels signalés par Bædeker, comme les plus infimes. Ce choix avait bien amené des déboires qui consternaient un peu ses compagnons de route ; mais lui ne se plaignait jamais, tant il était heureux de fuir ces caravansérails, hôtels cosmopolites où l'on ne cherche qu'à exploiter l'étranger qui les fréquente, et qui sont dénués de toute couleur locale. Il n'était pas toujours, du reste, un compagnon de voyage très agréable. Se levant de très bonne heure, il exigeait sans pitié que l'on se conformât à sa façon de vivre. Un de ses compagnons le comparait à « un bon éléphant tournant toujours autour de vous ».

Brahms était un sublime et grand enfant qui, plongé dans ses merveilleux travaux de composition, ne s'en était pas moins intéressé aux beautés d'un autre ordre. En arrivant en Italie, il allait lire avec avidité les pages d'un livre dont il n'avait parcouru encore que la préface. « Il se re-

trouvait lui-même, dit Widmann, dans l'art de la Renais-
sance italienne, bien qu'il fût trop modeste pour le reconnaître. » Les œuvres admirables d'un passé admirable le
subjuguaient ; il suivait avec le plus grand soin les évolu-
tions de l'histoire de l'art, ne se lassant pas de revoir les
mêmes objets dans les plus petits détails, d'établir des com-
paraisons. Il avait emporté, pour se livrer fructueusement
à ces études d'art et de nature, le guide le plus sûr : l'op-
timisme.

La très plaisante aventure qui suit s'est-elle passée en
Italie ou en Allemagne ? On en a donné deux versions ;
prenons celle de M. Widmann : « J'avais à mon service une
cuisinière qui répondait au nom sonore de Mora ; elle
n'avait pas sa pareille à Rome pour préparer le *macche-
roni con pomi d'oro*, le *fritto*... Un jour, j'avais invité Brahms
et le célèbre chirurgien Billroth, qui était également son
ami, à un déjeuner italien. Mora s'était surpassée, et, comme
les vins étaient bons, Billroth, enthousiasmé, s'écriait en
levant son verre : « Voilà le vin que buvait Horace », alors
que Brahms, pénétré de la bonté des mets, se demandait
s'il n'y aurait pas lieu d'épouser une aussi excellente cuisinière. Alors, je fis la plaisanterie d'appeler mon cordon
bleu et de lui annoncer que je venais de trouver un pré-
tendu à sa main. « Et qui est-il ? »— demanda-t elle un peu
curieuse. — « Le voici, répondis-je, en lui désignant Brahms;
c'est un célèbre music en allemand ; il doit te convenir,
puisque tu chantes, du matin au soir, comme une alouette .»
Elle toisa immédiatement Brahms et, d'un geste fin et
inimitable, s'écria : « *Sono romana, nata al ponte rotto,
dove sta il tempio da Vesta,non sposero mai un barbaro !* (1) »

(1) « Je suis romaine, née au *ponte rotto*, près du temple de Vesta, et
jamais je n'épouserai un barbare ! »

7

XI. AMIS ET ADMIRATEURS DE BRAHMS. LISZT, LE ROI GEORGES DE HANOVRE, HANS DE BÜLOW. LETTRE A SES PARENTS.

En Allemagne, plusieurs études ont été faites, qui ont servi à faire mieux connaître celui qui, de son vivant, avait tenu à cacher sa vie. Parmi elles, on signalera celles de H. Deiters (1880), avec traduction française de Mme H. Frisch-Estrangin, de B. Vogel, de L. Kohler, de Spitta, d'Albert Dietrich, de Widmann, d'Heinrich Reimann (1898) Nous puiserons, dans les unes et les autres, quelques renseignements qui ne figurent pas encore dans notre travail.

Le célèbre violoniste Edouard Remenyi (Hoffmann) avait, à la fin de l'année 1852 ou au début de 1853, fait la connaissance, à Hambourg, de Johannès Brahms, qui était alors âgé de dix-neuf ans. Frappé par la beauté des premières œuvres que lui révéla le jeune musicien, le violoniste hongrois se prit d'enthousiasme pour lui, et ils commencèrent ensemble une tournée de concerts qui les amena bientôt à Weimar. En sa qualité de Hongrois, et de Hongrois compromis dans la révolution de 1848, ce qui l'avait d'abord forcé de se réfugier en Amérique, Remenyi avait ses entrées auprès de Liszt. Il se rendit donc à Altenburg, mais sans trouver Liszt ; celui-ci vint, peu de temps après, lui rendre sa visite à l'hôtel où il était descendu avec Brahms. Les premiers compliments échangés, je suppose, dit Liszt, que vous n'avez pas grand argent. — Et Remenyi de répondre qu'en effet il en était presque dénué. — « Eh bien, vous viendrez à Altenburg et vous habiterez avec moi ; j'ai de la place pour deux. » — « Mais, maître, je ne suis pas seul. » — Vous avez peut-être un domestique ? — Oh non, j'ai un génie. — Un quoi ? riposte Liszt. Solennellement Remenyi reprend : Un génie ! — Puis il lui fait le portrait du jeune Johannès Brahms de Hambourg, qu'il considère comme le plus grand compositeur ayant paru depuis la mort de Beethoven.

— « Et votre génie est aussi sans argent ?

— « Absolument comme moi, maître.

— « Eh bien, amenez votre génie à Altenburg, et nous verrons. »

Liszt racontait de façon plaisante cette entrevue, le soir même à dîner, et la princesse de Wittgenstein riait de bon cœur de l'affirmation solennelle donnée par Remenyi du génie de Brahms.

Une autre anecdote, non moins amusante, a trait à cette première entrevue de F. Liszt avec Johannès Brahms. Partis de Hambourg, Remenyi et Brahms avaient voyagé toute la nuit, dans une voiture de troisième classe, pour se rendre à Weimar. En route, ils avaient pris, l'un et l'autre, fort peu de nourriture ; aussi arrivèrent-ils très fatigués au terme de leur voyage Liszt voulut examiner de suite les œuvres que lui apportait le jeune musicien : un *Trio* pour piano et cordes, une *Sonate* pour piano et violon, un *Scherzo* pour piano. Cette lecture lui fit concevoir de grandes espérances pour l'avenir de Brahms ; aussi, voulant lui montrer en quelle estime il le tenait, le grand virtuose lui joua une *Sonate* qu'il venait d'écrire. Liszt mit tous ses soins à l'interprétation de son œuvre ; mais lorsque, dans un des passages les plus expressifs, il se retourna pour voir l'impression que son auditeur en ressentait, il s'aperçut avec stupéfaction qu'il était profondément endormi. Le pauvre Brahms, harassé par la nuit passée blanche, accablé aussi par la chaleur de l'après-midi, n'avait pu vaincre le sommeil qui l'avait envahi. L'enthousiasme de Liszt s'en refroidit quelque peu ; mais il avait l'âme trop noble et l'intelligence trop ouverte pour garder un long temps rancune à Brahms d'une faiblesse bien excusable et indépendante de sa volonté.

Dès le début de l'apparition des compositions du jeune maître de Hambourg, tout le monde, même en Allemagne, n'eut pas, comme Liszt et Schumann, l'intuition de son génie.

Dans une tournée de concerts que Remenyi et Brahms firent en Hanovre, ils jouèrent en présence du roi Georges, grand amateur de musique. Avant la séance, Remenyi avait annoncé au prince que Brahms était déjà un maître de premier ordre : « A parler de génie — lui dit le roi — après l'audition des œuvres de Brahms, — Remenyi oui, Brahms non ! » Et les affirmations de Remenyi ne purent le convaincre. Trente ans plus tard, le célèbre violoniste hongrois vint rendre visite au vieux roi, devenu aveugle et exilé à Paris. Lorsque Remenyi eut joué et qu'on eut réveillé les souvenirs de l'ancien temps, le roi Georges lui annonça qu'il avait une confession à lui faire. Rappelant la conversation qu'ils avaient eue autrefois au palais de Hanovre, il ajouta : « Vous aviez raison, et c'est moi qui avais mal jugé Brahms ; il eut un grand génie. »

Hans de Bülow ne fut point un admirateur de la première heure. Après l'article élogieux paru sur Johannès Brahms dans le journal de Robert Schumann, de Bülow écrivait à Liszt : » Mozart-Brahms ou Schubert-Brahms ne trouble pas mon sommeil. J'attends qu'il se manifeste. « Mais, quelques semaines plus tard, le 4 janvier 1854, à l'occasion d'un concert que de Bülow avait donné à Hanovre, il envoyait les lignes suivantes à sa mère : » J'ai appris à connaître Johannès Brahms, le jeune protégé de Robert Schumann ; il a passé par ici deux jours avec nous. C'est une simple et charmante nature, et son talent est certainement un don de Dieu. » Deux mois plus tard, dans une soirée donnée par Mme Adélie Peroni-Glasbrenner, le grand pianiste jouait le premier morceau de la *Sonate* en *ut* majeur de Brahms.

Nous avons dit quelle affection Brahms eut toujours pour les siens. Dans sa collection si importante et si précieuse d'autographes, M. Fr. N. Mansekopf, de Francfort, possède une lettre adressée par l'illustre compositeur à ses parents, indiquant bien les excellentes relations qu'il entretenait avec eux. En voici la traduction :

« CHERS PARENTS,

« J'ai eu hier une grande joie : mon concert s'est très bien passé, beaucoup mieux que je ne l'espérais.

« Après l'exécution du « Quatuor », accueilli avec une grande bienveillance, j'ai eu un succès extraordinaire comme pianiste. Chaque numéro a été chaleureusement applaudi ; il y avait, je crois, assez d'enthousiasme dans la salle.

« Sans nul doute, je pourrais organiser d'excellents concerts ; mais je n'en ai nulle envie, car cela me prend trop de mon temps, et je ne pourrais alors rien faire d'autre.

« En ce concert, je dois avoir couvert mes frais, bien

que la salle contînt nombre d'invités munis de billets de faveur.

« J'ai joué avec la même liberté d'esprit que si j'étais dans un cercle d'amis ; le public d'ici était, à vrai dire, bien autrement enthousiaste que le nôtre. Si vous aviez pu seulement juger de son attention, de son silence et entendre également ces applaudissements !

« Je tiens à vous dire que M. Bagge a bien été le seul à émettre une opinion aussi tranchante sur mon » Quatuor « ; les autres critiques m'ont au contraire beaucoup louangé. Je suis donc très satisfait d'avoir donné ce concert.

« Vous êtes sans doute délivrés maintenant de vos hôtes ; peut-être trouverez-vous alors une minute pour m'écrire.

« Communiquez cette lettre à M. Marxsen ; dites-lui aussi que Bösendorfer ne pourrait pas envoyer de piano avant le nouvel an ; ses instruments sont trop demandés pour les concerts. Dois-je m'occuper d'en trouver un autre pour lui ? En ce cas, j'attends des ordres.

« Grödner a été très malheureux, en son récent concert, auprès du public et de la critique ; les journaux l'ont terriblement maltraité.]

« Ma *Sérénade* sera, je pense, exécutée dimanche prochain.

« Dans mon concert d'hier, j'ai voulu faire connaître des *Lieder* de ma composition, d'où pour moi mille courses et désagréments ; c'est une des raisons principales qui me font enfin désirer le calme.

« Mercredi, vous avez dû avoir réunion et punch aux œufs, n'est-il pas vrai ? Ecrivez-moi quelques détails à ce sujet et, d'une façon générale, écrivez-moi.

« Les éditeurs d'ici, notamment Spina et Lewy, me réclament des œuvres, depuis l'audition du « Quatuor » ; mais je préfère l'Allemagne du nord en bien des points et surtout ce qui concerne les éditeurs. Aussi, je préfère renoncer aux quelques florins que ceux-ci me donneraient peut-être en plus.

« Voyez-vous souvent Avé ? vous a-t-il dit quelque chose de spécial de Stockhausen ?

« Qu'advient-il du *Quatuor de jeunes filles* qui avait été photographié ? Ne dois-je pas le recevoir ?

« J'oublie, chaque fois, de demander dans mes lettres à Mme B., si Fritz est maintenant tout à fait rétabli. Travaille-t-il avec ardeur et zèle ? Il devrait étudier sans relâche, de façon à pouvoir donner, l'hiver prochain, des soirées de *Trios* à Hambourg ; j'aimerais bien lui donner un coup de main. Mais qu'il travaille avec zèle et cherche *à faire le tour* de la musique !

« Ecrivez bientôt et aimez toujours votre

« JOHANNÈS.

« Amitiés sincères à M. Marxsen, et n'oubliez pas ce qui concerne Bösendorfer. »

XII. Intimité avec Clara Schumann. Habitudes de travail. La musique Tzigane. Le musée Brahms a Gmünden. Portrait du compositeur.

M. Hugo Heermann, l'éminent violoniste de Francfort, qui fut l'ami de Johannès Brahms, nous a donné d'utiles renseignements sur la vie du compositeur. Il eut surtout l'occasion de le connaître, lorsque Brahms venait, tous les ans, à Francfort passer quelques semaines, dans le but de soumettre à Mme Clara Schumann ses compositions nouvelles. A l'arrivée de Brahms, la veuve du maître de Zwickau convoquait Hugo Heermann et son quatuor; ce n'était qu'après répétition sérieuse que les musiciens les plus marquants de Francfort étaient invités pour assister à l'audition. Et, lorsque Brahms rencontrait une approbation sincère, venant de personnes compétentes, il était ravi. Mme Schumann, qui avait la plus complète admiration pour son œuvre, était une des très rares personnes ayant sur lui une réelle influence. C'est ainsi qu'elle arriva à obtenir de lui la modification du premier *Trio* en *si* majeur pour piano, violon et violoncelle. Une seconde version fut publiée chez l'éditeur Simrock.

Brahms apporta un jour à Hugo Heermann son *Concerto* pour violon. On lui avait affirmé à Vienne qu'il était injouable ; il pria son ami de vouloir bien le travailler pendant trois jours — étant tout prêt à le modifier si, après ce laps de temps, l'exécution en était impossible. Hugo Heer-

tendre un véritable glas et où ces phrases liées, passant alternativement du violon au cor, deviennent de plus en plus émotionnantes, au fur et à mesure que le *piano* se change en *pianissimo* et même en *niente,* suivant l'indication précise et précieuse du compositeur.

Dans son œuvre abondent les exemples de ces deux courants' vers lesquels il fut tour à tour porté ; nous les retrouverons, lorsque nous aborderons l'analyse des plus importantes de ses compositions.

Il a déjà été indiqué, dans la première partie de cette étude, que le maître de Hambourg ne s'était jamais montré disposé à écrire des ouvrages pour la scène. Les dons que lui avait prodigués la bonne fée à son berceau, étaient tous marqués pour la symphonie. Il ne songea jamais à se soustraire à cette influence, et lorsque ses amis le tourmentaient à ce sujet, il leur répondait finement : « Si j'avais créé un premier opéra qui eût fait *fiasco,* j'en composerais certainement un second ; mais je ne puis me résoudre à écrire le premier. Ça me fait la même impression que le mariage». On sait que Brahms resta célibataire.

Grétry, dont les « Mémoires ou essais sur la musique », publiés en pluviôse de l'an V, contiennent des pages d'un vif intérêt et des aperçus souvent fort justes sur l'art musical, écrivait : » Ne croyons pas que le musicien qui a passé la moitié de sa vie à faire des symphonies puisse changer de système et s'assujettir aux paroles. On ne peut devenir esclave après avoir été libre; le contraire est plus facile. Les musiciens feront des tableaux magnifiques lorsqu'ils ne composeront pas sur des paroles ; si vous leur en donnez, ils feront ce que les peintres appellent des croûtes. » Il est fort probable que, si Johannès Brahms avait tenté de composer un opéra, il n'aurait pas fait une croûte : son génie

était trop grand pour cela. Mais il se serait trouvé dans la
même situation que Schumann lorsqu'il écrivit *Geneviève*,
c'est-à-dire dans l'impossibilité de donner la vie à une
œuvre scénique, remplie, sans nul doute, de pages superbes
de sentiment, mais destinées plutôt à l'intimité qu'à l'éclat.
Cette incursion de Schumann dans l'opéra lui fut surtout
suggérée par le désir qu'il avait de relever le drapeau
théâtral, quelque peu tombé en Allemagne depuis la disparition de Charles-Marie de Weber (1). Mais ce n'était
ni lui ni Brahms, purs symphonistes, qui devaient reprendre les belles traditions de l'auteur de *Freischütz* et lancer
l'opéra allemand dans une voie nouvelle, en créant le drame
lyrique. Cette superbe innovation était réservée à Richard
Wagner.

Il serait absolument inexact de dire que Robert Schumann fut le professeur, ni même le conseiller de Johannès
Brahms ; il fut plutôt son devin. Lorsque à l'aurore de la vie,
un artiste trouve un maître célèbre et faisant loi, qui révèle *urbi et orbi* un talent rempli de promesse et prédit
pour lui le flamboiement de l'avenir, sa bonne étoile est
née. Si Georges Sand fut à l'avant-garde pour célébrer les
mérites d'Eugène Fromentin, lorsqu'il révéla au monde
des lettres ces belles et poétiques impressions qui ont
nom *Une année dans le Sahel* et *Un été dans le Sahara*, on
peut dire que Robert Schumann fut le révélateur du génie
de Brahms, lorsqu'il écrivit des pages enthousiastes sur les

(1 En septembre 1852, Robert Schumann terminait un article, dans la
Zeitschrift, sur un opéra de Henri Esser, par ces lignes très significatives : « Il serait grand temps que les compositeurs allemands fissent
mentir le reproche qu'on leur adresse depuis une éternité, d'être assez
lâches pour laisser le champ libre aux Italiens et aux Français. Mais, en
même temps et à ce propos, il y aurait à dire un mot aux poètes allemands. »

premières œuvres du maître de Hambourg. Quel puissant
aiguillon furent pour Fromentin et pour Brahms les encouragements de Georges Sand et de Schumann ! Ces deux
artistes s'ignoraient peut-être ; ils se connurent certes après
des panégyriques venus de si haut. Ils ne perdirent pas pour
cela leur modestie ; mais la bonne et fortifiante parole de
leurs prophètes fut le puissant levier qui souleva pour eux
les premières difficultés de la vie d'artiste. Ils n'en continuèrent pas moins à être sans indulgence pour eux-mêmes, ayant toujours en vue le but à atteindre : la perfection dans le beau ! Seulement, ils n'eurent plus à douter
d'eux-mêmes.

On s'explique facilement l'admiration qu'inspirèrent
à Robert Schumann les premières œuvres de Johannès
Brahms, dès qu'il les eut entendues ; car elles laissaient
déjà entrevoir le caractère spécial et distinctif de son génie. L'originalité et la variété des thèmes mélodiques,
leur puissance et leur charme, la nouveauté des rythmes
et de l'écriture en général, l'architecture souvent audacieuse des diverses parties de ses compositions, dont un des
signes particuliers est la gravité et la noblesse, ne dénotent pas un élève, mais un maître. Si, par la suite, ses
créations prennent encore plus d'importance, passant
pour ainsi dire, par dessus Schumann, pour remonter à
Beethoven et à Jean-Sébastien Bach, il n'en est pas moins
certain que, dès l'apparition, en l'année 1853, de sa première composition, la *Sonate* pour piano, dédiée à
Joseph Joachim, la richesse de l'invention mélodique,
la structure très hardie des grandes lignes dénotent que
l'on est en présence d'un merveilleux musicien qui, tout
en affichant son admiration pour Beethoven et Schumann, s'impose par son originalité et sa spontanéité. En

outre, cette première œuvre contient en germe certaines
pensées musicales qui se développeront plus largement
dans les compositions postérieures. Nous insistons sur ce
point qu'il n'y eut pour ainsi dire chez Brahms nulle trace
de tâtonnement. Dès qu'il prend la plume, il affirme sa
manière, son école : il n'avait que vingt ans ! Et ce qu'il
y a de très particulier en lui, c'est que, lorsqu'une transfor-
mation s'opère dans son style, à partir de l'œuvre 11 *Sé-*
rénade en *ré* pour grand orchestre), c'est au profit de la
simplicité et d'une sonorité plus discrète, plus douce. Certes
le compositeur est bien resté le même ; mais il semble
qu'en cette année 1860, où il produisit la *Sérénade* en *ré*
il ait jeté un regard attendri sur le passé, principalement sur
Mozart. C'est à travers les sensations des maîtres précédents qu'il tente d'arriver aux siennes propres, en les mo-
difiant. On devine qu'après l'apparition des premières compositions dans lesquelles se décèle son génie, il a voulu se
retremper dans l'étude approfondie des grands modèles.
Il cherche une forme plus simple, plus classique, une
invention plus claire, et il en fait l'application dans ses
deux *Sérénades* pour orchestre (op. 11 et 16). La révolution qui se fait chez lui à cette époque, et qui est due
(nous venons de le voir), à l'étude longue et sérieuse des
maîtres qui le précèdent, accuse un tempérament vraiment
spécial et dont on trouve peu d'exemples dans le passé.
En effet, si l'on parcourt les premières créations de Mozart
et de Beethoven, du premier surtout, elles se révèlent très
jeunes, enfantines, ne contenant pour ainsi dire aucun des
grands traits qui caractériseront plus tard la manière de
ces deux grands maîtres. Ce ne sont que de pâles
esquisses, tel le dessin léger au fusain que trace le
peintre sur la toile, où il développera plus tard avec le

pinceau les belles colorations qui donneront au paysage fidèlement reproduit toutes ses valeurs. Chez Brahms, au contraire, les premiers essais sont d'une audace remarquable ; la spontanéité irraisonnée les anime, et ils contiennent déjà la flamme intense dont il a éclairé ses grandes compositions. Au milieu de ses hardiesses, il est calme, maître de sa pensée. S'il s'assagit davantage dans les œuvres 11 et 16, rendant ainsi un hommage aux maîtres qu'il vénère, il reviendra vite à sa nature primesautière, à ses tendances : le *Sextuor* à cordes (opus 18) porte les traces de ce retour.

Johannès Brahms accuse même sur Schumann, au début de sa carrière, une certaine supériorité, en ce sens qu'il ne se confine pas exclusivement dans la musique de piano. On sait en effet que le maître de Zwickau, dont les premiers projets consistaient uniquement à devenir un grand pianiste, se voua à la composition d'œuvres pour le clavier jusqu'en l'année 1840, époque où son amour pour Clara Wieck, qu'il épousa, l'incita à écrire toute une suite de merveilleux *Lieder*. Les premiers travaux de Brahms (op. 1 et 2) sont bien des *Sonates* pour piano ; mais, dès l'œuvre 3, on voit apparaître des *Lieder* dédiés à Bettina d'Arnim ; puis l'opus 8 est un *Trio* en *si* majeur pour piano, violon et violoncelle, et l'opus 11, une *Sérénade* pour orchestre. Les œuvres de piano, qui sont du reste beaucoup moins nombreuses que celles produites par Schumann, alternent avec les compositions pour chant, instruments divers ou orchestre ; elles semblent réclamer l'orchestration, et cette remarque est encore plus vraie pour les morceaux de musique de chambre, dont la puissance et la richesse harmoniques sont si grandes, qu'on les prendrait presque pour des *cartons* de symphonie. Et, fait très curieux à noter, il semble que sa musique de chambre indique davantage ses aptitudes symphoniques que ses symphonies elles-mêmes. Dans les sextuors, quintettes, quatuors trios, sonates..., la belle expansion des thèmes mélodiques et leurs superbes développements font songer à l'orchestre, alors que, dans ses symphonies, certains accouplements de rythmes un peu cherchés, certaines phrases trop frag- mentées ne donnent pas toujours la magnifique ampleur sur laquelle on était en droit de compter.

XIV. La musique d'orchestre. Les deux sérénades et les quatres symphonies. Variations sur un thème de Haydn. Ouverture de fète académique. Ouverture tragique. Les danses hongroises.

Les œuvres de Brahms se chiffrent par cent vingt et un numéros, ce qui porte leur total à un nombre plus élevé, puisque plusieurs compositions sont classées sous le même numéro. Parmi ces œuvres, on compte quatre symphonies, deux sérénades, deux ouvertures pour orchestre, diverses pièces pour soli, chœur et orchestre, comme le *Requiem allemand*, *Rinaldo*, *Chants du destin*, *Triumphlied*, *Naenie*, *Chant des Parques*, des chœurs avec ou sans accompagnements, tels les *Marienlieder*, *le 23e psaume*, les *Chants sacrés*, des motets; — des *Lieder* ou chants pour une ou plusieurs voix ; des *Concertos* pour piano, violon et violoncelle avec orchestre ; deux *Sextuors*, deux *Quintettes*, trois *Quatuors* à cordes; trois *Trios*, trois *Quatuors*, un *Quintette* pour piano et cordes, un *Trio* pour piano, violon et cor ; un *Trio* pour clarinette (ou alto), violoncelle et piano ; deux *Sonates* pou: clarinette (ou alto) et piano ; un *Quintette* pour clarinette (ou al'o), deux violons, alto et violoncelle; diverses sonates, études, variations, rapsodies, valses et danses hongroises pour piano, à deux et quatre mains ; deux pièces pour orgue.

Brahms ne fut point un compositeur fécond ; c'est qu'à l'exemple de quelques hommes d'élite, tels Beethoven et Schumann, il a été toujours excessivement sévère pour lui-même. Il n'a jamais pensé qu'une œuvre fût parfaite, par le fait seul qu'elle fut engendrée avec facilité. Procédant à un examen minutieux, à un retour constant sur lui-même, il ne livra son travail à l'appréciation du public que lorsqu'il le jugeait suffisamment mûri. Quelques unes de ses œuvres furent même modifiées, sur le conseil d'amis en lesquels il avait la plus absolue confiance, notamment Mme Clara Schumann. Les artistes, pour la plupart, emportés par le désir de produire, grisés par le succès, ne suivent pas toujours cette voie si sage, et ne créent souvent que des œuvres éphémères.

Analyser toutes les œuvres de Brahms, surtout ses *Lieder*, dont le nombre est considérable, serait un travail qui pourrait engendrer quelque monotonie. Notre but est de faire connaître les compositions les plus importantes, celles qui marquent davantage son individualité, et nous suivrons, pour mettre de l'ordre dans notre travail, celui qui est constitué par la nature des œuvres.

Ce sera donc la musique pour orchestre seul que nous étudierons en premier lieu: il faudra tout à la fois de la patience et de la persévérance, pour dégager l'esprit absolument personnel qui l'anime.

* *

Nous avons déjà fait remarquer combien les grandes compositions pour orchestre du maître ne semblaient pas, à la première lecture, d'essence aussi symphonique que telles de ses œuvres de musique de chambre. S'il en est ainsi, c'est que jamais l'exposition des thèmes ne fut plus franche, plus claire, plus puissante, plus étendue que dans ses sextuors, quintettes, quatuors, trios ou sonates. Mais la valeur

de ses symphonies n'en est pas moindre pour cela. Les
idées musicales, prises en elles-mêmes, sont d'une distinction, d'une noblesse et d'une originalité rares. Si, dans
quelques cas isolés, ce tains développements semblent un peu
pénibles et trop fragmentés, l'instrumentation, chez lui,
est moins serrée, moins étouffée que chez Robert Schumann ; la lumière y est plus vibrante. « Par l'espacement
justement observé des groupes sonores, par une sorte de
circulation onduleuse qui donne un tour particulier à ses
périodes, il rend sensibles les jours et les pleins, les diffé-
rences des plans, les jeux de perspective, qui contribuent
à la perfection de cette architecture aérienne, par le mélange
et la superposition des sons. La cohésion par laquelle l'orchestre conserve en quelque sorte son unité vitale, la souplesse qui permet de multiplier les manifestations de son
activité et de sa puissance, sans en compromettre l'homogénéité, voilà deux qualités essentielles qui devaient
recevoir de lui plus d'une application ingénieuse et plus
d'une démonstration frappante (1).» Si Brahms fut appelé,
à juste titre, un grand musicien conservateur, c'est qu'il
ne songea nullement, malgré le caractère très personnel
de son œuvre, à modifier, ou plutôt à briser la forme première qu'avaient adoptée les beaux symphonistes classiques de la première heure, les Haydn, Mozart, Beethoven
et ceux mêmes qui les continuèrent, tels que Mendelssohn
et Schumann. Ce fut un homme de tradition, mais de haute
tradition. Lorsque l'on a pour ancêtres directs Haydn
Mozart, et surtout Beethoven, on peut maintenir en les
sphères les plus élevées le drapeau de l'école classique, qui,
au point de vue symphonique, est encore la belle et saine

(1) Essais de critique musicale : Hector Berlioz, Johannès Brahms, par
Léonce Mesnard. — Paris, Librairie Fischbacher.

8*

école. Et véritablement, lorsqu'on songe que les trois grands maîtres dont nous venons de citer les noms appartiennent à la fin du XVIIIᵉ siècle et au commencement du XIXᵉ, que leurs créations sont si rapprochées de nous, qu'elles sont encore si vivantes, on est amené à se demander de quel droit il ne serait plus permis à un symphoniste de génie d'écrire dans la forme d'illustres devanciers. Quelles que soient les hauteurs auxquelles Beethoven se soit élevé, Schumann et Brahms ont prouvé qu'il était possible d'écrire, même après lui, des œuvres de grande envolée. Ce ne sont plus les symphonies de Beethoven, mais ce sont leurs dignes sœurs.

Lorsque J. Brahms aborda l'orchestre, ce fut avec deux œuvres d'un genre particulier, les « Sérénades », où la fantaisie lui permettait de se mouvoir plus facilement que dans la symphonie. Il est à remarquer qu'entre les *Ballades* pour piano (op. 10), dédiées à Julius O. Grimm, publiées en 1856, et la *Sérénade* pour grand orchestre (op. 11), composée en 1859 et éditée en 1860, il s'était écoulé une période de plusieurs années, pendant lesquelles Brahms, nous l'avons déjà indiqué, se recueillit et se livra à une étude approfondie de l'œuvre des grands maîtres. Mais, tout en étudiant la correction de la forme, la science des développements, afin de s'attaquer avec sûreté à la symphonie, il reste lui-même, et il en donne maintes preuves dans la première comme dans la seconde Sérénade. Sa nature géniale était trop puissante pour qu'elle pût être étouffée : aussi se dévoile-t-elle aussi bien dans les premières compositions que dans les subséquentes. Dans l'écriture de ces deux *Sérénades*, on ne rencontrera aucune hésitation, nul tâtonnement. La richesse de l'imagination et la beauté de l'orchestration vont de pair. Il semble seulement qu'en abordant le genre gracieux de la sérénade, Brahms ait voulu faire un retour vers le passé. La belle ordonnance, la remarquable simplicité, la douce sonorité, la grâce aimable qui sont la caractéristique de ses deux premières créations orchestrales, en lesquelles se dévoilent toutefois des formes et harmonies à lui très particulières, ont un air de parenté avec certaines pages de Mozart ou avec les premières œuvres de Beethoven.

La première sérénade en *ré* majeur, pour grand orchestre, débute par un *Allegro molto*, dont le thème gai et gracieux a quelque chose de pastoral ; les développements en sont intéressants, et l'emploi des rythmes binaire et ternaire de certains traits qu'affectionnait notre auteur, s'y fait déjà remarquer. C'est ainsi qu'à la reprise du motif, on distingue la septième mineure, rappelant la modulation naturelle et, avec elle, la tonalité de la sous-dominante. La conclusion s'épanouit en un *diminuendo* progressif dont l'effet est délicieux. Le *scherzo* à 3/4, joyau des plus fins, en sa forme gracieuse, mélancolique, balancée, et le *Trio, poco piu animato*, avec ses exquises harmonies et modulations, sont comme un écho des «Valses chantées». Ce serait à Beethoven qu'il faudrait songer en écoutant le bel *Adagio non troppo*, avec son premier motif en forme de marche. Ravissants et très personnels sont les deux *Menuets* et le *Scherzo* qui suivent : c'est comme un appel de cor qui résonne dans les huit mesures du *Trio*. Enfin, le *Rondo finale* à 2/4 évoquerait encore d'une façon plus marquée le souvenir d'un épisode de chasse.

De grâce aussi naïve est la *Seconde Sérénade* en *la* (op. 16), divisée en cinq parties et écrite pour petit orchestre sans violons. Le motif initial en succession de quintes de

l'*Allegro moderato* est d'une adorable simplicité ; le second
thème composé de noires pointées suivies d'une double
croche est vraiment charmant. Puis se présentent le
Scherzo, très classique, respirant la joie, suivi du *Trio*
très curieux avec la pédale persistante d'*ut*, l'*Adagio*,
émouvant en sa tristesse de marche funèbre, le menuet
et son *Trio*, formant contraste, enfin le *Rondo* où déborde
la mélodie.

Brahms a composé quatre symphonies: la première
en *ut* mineur (1877), op. 68, la seconde en *ré* majeur (1878),
op. 73, la troisième en *fa* majeur (1884), op. 90, et la quatrième en *mi* mineur (1886),op.98 (1). Il était âgé de qua-
rante-quatre ans, c'est-à-dire en pleine maturité de son
talent, lorsqu'il acheva la *Première symphonie* en *ut* mineur
De très âpres dissonances se perçoivent dès le début de
l'introduction d'un mouvement lent à 6/8,où les thèmes
deviendront ceux de l'*Allegro* principal. Brahms qui, dans
la plupart de ses compositions de musique de chambre,a
exposé toujours des idées de grande limpidité, en a usé
autrement avec cette première symphonie. Le motif chro-
matique, confié aux violons, a une importance toute particulière, puisqu'il sert de base à la première partie de la symphonie et qu'il se retrouve même dans les mouvements
subséquents. Tous les développements sont de la plus
parfaite logique : la reprise du thème principal est grandiose, et la conclusion, *poco sostenuto*, avec ses pianos et
pizzicati des cordes, a un caractère élégiaque. L'*Adagio*
s'impose de suite par son chant large et simple ; la délicieuse mélodie, esquissée en second lieu par le hautbois,
reprise à la fin par le violon solo et le cor, s'éteint en un
idéal pianissimo. Captivante berceuse est l'*Allegretto gra-
cioso*, dont le motif initial est confié aux clarinettes, sou-

tenues par les *pizzicati* des violoncelles. Ce n'est plus du tout le *Scherzo* classique, généralement vif, animé, très rythmé ; c'est bien plutôt une pastorale au caractère tendre. Enfin, le *Finale* à quatre temps est précédé d'une double introduction : un *Adagio* rappelant la tristesse du début de la symphonie, puis un *Piu andante,* dans lequel le cor dessine une mélodie toute lumineuse, soutenue par une sorte de trémolos liés des violons et altos *con sordini,* conduisant au thème plein d'entrain de l'*Allegro non troppo,* dont la similitude avec celui de l'*Ode à la joie* dans la *Neuvième Symphonie* de Beethoven est très sensible. Ce *Finale* se déroule en une belle plénitude et avec adjonction de motifs secondaires, parmi lesquels fait de nouveau son apparition la mélodie de l'*Andante,* confiée au cor. La conclusion (*piu allegro*), avec les accords si richement étoffés qui la préparent, font penser à Schumann et à Beethoven.

Le *Deuxième Symphonie* en *ré* majeur (op. 73), qui fut exécutée pour la première fois à Paris aux Concerts populaires le 21 novembre 1880, puis le 19 décembre de la même année à la « Société des Concerts », ne mérite en aucune façon le reproche que lui adressa M. V. Joncières d'être pleine de broussailles ; elle encoure encore moins celui que lui a fait M. A. Pougin d'être enfantine. Quel emploi merveilleux Brahms a fait du cor, que Weber avait déjà utilisé d'une manière si poétique ! La place d'honneur lui est acquise au début même de la *Deuxième Symphonie* Et cette entrée si tendre, si troublante du cor, avec les premières mesures de l'*Allegro non troppo* à 3/4, laisse entrevoir une impression de fraîcheur, de douce lumière, qui contraste vivement avec la première partie très austère de la Symphonie en *ut* mineur. On pourrait qualifier la seconde de printanière, tant l'atmosphère dans laquelle

elle se meut est légère. A l'exception de certaines pages un
peu sombres dans l'*Adagio non troppo* toute la symphonie
est tracée avec des couleurs délicates, et la trame en est des
plus fines. Si l'entrée en matière laisse une gracieuse
impression, les épisodes suivants, dans lesquels l'auteur
dévoile sa remarquable originalité, n'excluant pas les hautes
traditions, ne sont pas moins captivants. Il faudrait citer
à la lettre C le chant élégiaque, présenté par les violoncelles et les altos, qui rappellerait, quant à la couleur surtout, telle page de Mendelssohn. Mais, comme l'a écrit
Léonce Mesnard : « Ne sont-ce point là de ces jeux de physionomie qui dénotent moins une conformité véritable d'expression qu'une sorte de fausse ressemblance ? « La péroraison que composent les cinquante dernières mesures
de cet *Allegro* est grandiose ; le cor y joue un rôle important, évoquant le souvenir du début. Ce n'est plus la *Coda*
habituelle, avec son *crescendo* habilement ménagé, son
brillant éclat, mais c'est un épilogue tout d'apaisement,
de sérénité, d'un pathétique calme, que l'on pourrait comparer à la conclusion du premier morceau des deux sextuors pour instruments à cordes. Brahms, en l'écrivant,
a rompu avec la tradition. Quel souffle anime le beau chant
initial des violoncelles, repris par les violons dans l'*Adagio*
non troppo ! La phrase mélodique et pathétique coule de
source. A la lettre B se présente un motif à 12/8, confié
aux vents, qui a un accent de mystère : on regrette toutefois que les développements de la même idée, promenée
à travers des tons et des rythmes différents, offrent quelques ténèbres et que la conclusion soit un peu écourtée. En
revanche, l'*Allegretto grazioso*, avec ses mesures alternatives
à 3/4, 2/4, 3/8 et 9/8, est une fantaisie d'une nouveauté rare
et d'un humour comparable à celui dont Brahms était cou-

tumier dans la vie privée : sérénade gracieuse, chantée
par les hautbois, clarinette et basson, avec les pizzicati
des violoncelles comme accompagnement, — bavardage
étourdissant des cordes, dérivant du motif initial et s'élan-
çant à fond de train pour revenir bientôt au *tempo* 1°.
voilà des pages dignes d'un maître. Pour finir, un *Allegro
con spirito* d'un bel et magnifique entrain, digne par ses
riches développements d'être comparé à un *Finale* de Beethoven.

La *Troisième Symphonie* (op. 90) en *fa* majeur, sé-
parée de la seconde par un intervalle d'environ sept années, qui fut exécutée pour la première fois au Conservatoire de Paris, le 20 janvier 1895, sous la direction de
M. Paul Taffanel, est peut -être une de celles qui, au milieu
d'un art sévère, laisse entrevoir le charme enveloppant et
la grâce mélancolique qui se dégagent de ses remarquables
Lieder. Écoutez l'*Andante,* dont le thème, d'une adorable
simplicité, exposé par les clarinettes et soutenu par les
bassons, rappelle une phrase mélodique de *Zampa,* passe
alternativement d'un timbre à un autre,— *Andante* évoquant parfois le mystère comme à la lettre E ; c'est un
petit tableau assez réussi et intime jusqu'au merveilleux
élargissement de la phrase confiée aux violons (Lettre F) et
à la conclusion *mezza voce*. Admirez également la douce
rêverie du *poco allegretto,* avec ses accompagnements d'une
souplesse infinie, rappelant, par son coloris et son sentiment
innig, telle page de Robert Schumann. Ici, l'auteur a
rompu encore avec la tradition en écrivant cet *Intermezzo*
à la place du *Scherzo.* « L'analyse du charmant *Allegretto*
de la troisième Symphonie — écrivait Léonce Mesnard —
permet de reconnaître une nouvelle application aux liai-
sons admirablement ménagées du procédé que nous désignons

sous le nom de division tripartite.» L'*Allegro con brio* du début et l'*Allegro final* témoignent des tendances de l'auteur à modifier l'usage, qui veut, le plus généralement, que les conclusions de la première et de la seconde partie d'une symphonie se résolvent dans un *crescendo* ou dans une vigoureuse explosion. A la fin du premier *Allegro*, Brahms rappelle bien le thème d'allure si franche du début, mais très brièvement, et il termine par un *diminuendo*. A la conclusion du *Finale*, si remarquable par son caractère « fantômal », il interrompt absolument, au *Poco sostenuto*, l'idée première, pour faire exécuter par les cordes *con sordini* une sorte de murmure délicieux, qui va s'éteignant insensiblement jusqu'aux derniers accords *pianissimo*. Dans le premier *Allegro*, il emploie alternativement les mesures 6/4 et à 9/4, qu'il affectionne, alors que pour le *Finale* il préfère le rythme binaire. Il entremêle souvent, du reste, les rythmes binaire et ternaire et en obtient des effets bien particuliers. Dans ces deux parties, où l'on distingue les épisodes les plus charmants, le compositeur procède à une merveilleuse distribution des forces de l'orchestre.

La *Quatrième Symphonie* en *mi* mineur (op. 98) fut exécutée pour la première fois en Allemagne, à Meiningen, le 25 octobre 1885, avant qu'elle fût gravée. La première audition en France eut lieu au Conservatoire de Paris, le 12 janvier 1890, sous la direction de Jules Garcin. Cette *Quatrième Symphonie* est peut-être plus austère que les précédentes ; elle appartient, en effet, à la dernière période de production du compositeur, celle où, moins que jamais, il écrivit pour plaire à telle ou telle fraction du public. Elle n'en offre pas moins des beautés réelles. La préférence qu'avait Brahms pour le cor est visible en cette œuvre ;

il y prend hautement la parole pour lui donner tantôt un caractère de légende mélancolique, tantôt une allure de bravoure. L'*Allegro non troppo* débute par une charmante exposition des violons, soutenue par les altos divisés et les violoncelles, que viennent interrompre des appels de cor, menant à un motif confié aux violoncelles et suivi d'épisodes ayant un caractère mystérieux, s'accusant principalement aux lettres E et H de la partition d'orchestre. Les développements sont établis par un artiste maître de la forme classique. Dès qu'on a entendu ce premier morceau, on trouve qu'il a les allures d'un *quatuor* ou d'un *quintette*, orchestré après coup, et cette remarque s'applique, non seulement aux autres parties de la *Quatrième Symphonie*, mais encore, le plus souvent, aux autres œuvres pour orchestre. Mais quels accents pathétiques, quelle merveilleuse instrumentation! Dans l'*Andante moderato* à 6/8, le cor présente le thème; puis se déroule une sorte de marche dans le mode mineur, pénétrée d'un sentiment profond, et développée par les instruments à vent, auxquels viennent se joindre bientôt les violoncelles et les violons. Il faut remarquer la belle et large phrase dite par les derniers. A la conclusion, le cor reprend le thème du début, qui s'éteint en un doux murmure. L'*Allegro giocoso* à 2/4 est d'une vivacité et d'un entrain ravissants, avec sa tournure hongroise, ses traits rapides des violons, ses phrases entrecoupées, dans lesquelles les divers instruments se répondent, et enfin avec ses accords mâles et vigoureux, qui décèlent la main d'un maître. Le *Finale* à 3/4 (*Allegro energico e passionato*) est peut-être la plus belle partie de la Symphonie, eu égard au sentiment dramatique qui y domine. L'arrangement pour piano ne peut donner aucune idée des beautés que ce *Finale* récèle.

9

Bien que traité en variations, suivant une habitude chère à Brahms, il présente un intérêt croissant, à mesure que les divers instruments entrent en jeu. Les accords prolongés, avec intervention des timbales, par lesquels il débute, donnent immédiatement l'idée du style élevé avec lequel l'auteur a traité toutes ces variations, parmi lesquelles on distingue surtout l'épisode à 3/2, pour la flûte, avec ses accompagnements haletants.

La *Symphonie* en *mi* mineur fut froidement accueillie, lorsqu'elle fut jouée pour la première fois à la Salle des Concerts, à Paris. Nul, parmi ceux qui en découvrirent les beautés, ne s'en étonna, sachant combien les abonnés du Conservatoire sont réfractaires à toute innovation. La presse fut également fort réservée. L'un des plus avisés parmi nos musicographes, René de Récy, que son admiration intransigeante et exagérée pour un maître de l'École française, rendait souvent injuste à l'égard de compositeurs plus remarquables, sut cependant reconnaître, malgré certaines réserves, la valeur de la *Quatrième Symphonie* de J. Brahms. La critique qu'il en fit dans la « Revue Bleue », après l'audition du Conservatoire, est assez curieuse pour être reproduite ici :

» Apparentée ou non à Beethoven, la *Symphonie* en *mi* mineur n'est ni plus ni moins qu'une composition de tout premier ordre, très digne du grand répertoire. Il s'en dégage une impression de force un peu brutale : Brahms est de la race des puissants. Le naturaliste qui s'est avisé que ce monde de la pensée obéit, comme l'autre, à la loi des sexes — c'est M. Émile Zola que je veux dire — le rangerait d'emblée parmi les mâles. Pas précisément adroit, il dédaigne les petites habiletés du praticien ; il ne joue pas avec la difficulté, il marche droit et tout plie devant lui.

Son harmonie est pleine, très riche, neuve sans recherche trop apparente ; son orchestration, sonore, très étoffée, moins chargée pourtant que celle de Schumann ; il y circule plus d'air. Certes, je ne dis pas que l'œuvre soit parfaite ; il s'en faut d'assez loin. Les thèmes ne s'imposent pas à l'oreille(1),la matière n'est pas toujours de premier choix, ni l'enchaînement très naturel ; il y a, dans leur succession, des cahots, des secousses de rythmes. Enfin, la construction générale est parfois mal ordonnée. Exemple : l'*Allegro giocoso*, qui sépare l'*Andante* du dernier morceau, a toute l'allure d'un finale : à la tonalité près, l'on pourrait s'y tromper ; et, quand le vrai *Finale* arrive, il a l'air de faire double emploi. Mais cet *Andante* est une page mélodique vraiment géniale, toute vibrante de tendresse et d'émotion contenue. Le plan du dernier morceau a dérouté pas mal de gens ; c'est pourtant celui de la célèbre *Passacaglia* de Bach ; mais il faudrait la connaître. Avec cela, malgré ses défauts, sa lourdeur, ses oublis de goût, ses incartades, Brahms m'attache autrement que l'impeccable Mendelssohn, tout en façade. Si j'avais à décerner le prix, je me verrais forcé, sans doute, de couronner la *Symphonie écossaise ;* mais je me ferais rejouer la *Symphonie* en *mi mineur.* »

En présentant chronologiquement les symphonies de Brahms aux concerts du Châtelet, dès le début de la saison musicale 1902-1903, M. Edouard Colonne, qui avait été cependant le dernier parmi les chefs d'orchestre de Paris à inscrire les œuvres du maître de Hambourg sur ses programmes, avait compris que l'heure était venue de les mettre en relief. L'intelligente et vibrante interprétation

---

(1) Les commentateurs des Symphonies de Schumann, à leur apparition, avançaient également ce paradoxe.

qu'il a donnée des quatre symphonies amena un revirement très marqué dans l'opinion de la foule , et le succès fut incontestable.

Entre les deux *Sérénades* et les deux premières *Symphonies* figurent les *Variations sur un thème de J. Haydn* (op. 56), parues en l'année 1874. Elles avaient été composées dans l'été de 1873 à Tutzing, jolie localité, peuplée de villas, sur les bords du Starnberg-See, dans la région de Munich, et furent exécutées pour la première fois à Vienne, le 2 novembre de la même année. En présentant ces variations pour orchestre, complètement séparées, Brahms faisait acte d'innovation, puisque ses prédécesseurs, même les plus illustres, n'en avaient jamais écrit que pour les faire intervenir comme intermèdes ou épisodes dans telle œuvre symphonique ou dans tel morceau de musique de chambre. Il rendait encore une fois de plus hommage au vieux maître Haydn, dont les compositions l'avaient toujours séduit, en traitant orchestralement un motif qui n'est autre que l'*Andante* d'un divertissement écrit pour instruments à vent par l'auteur des *Saisons*. De la phrase à cinq mesures dont se compose le thème, Brahms a tiré un parti merveilleux en faisant de chaque variation un petit tableau de genre, auquel le coloris orchestral ajoute une saveur particulière, et en donnant à l'œuvre une conclusion vraiment triomphale.

De l'*Ouverture de fête académique* (op. 80), écrite par Brahms en manière de remerciements à l'Université de Breslau, pour sa nomination de docteur phil. hon. c., dont le motif principal a une analogie assez directe avec le début de l'*Andante* de la *Troisième Symphonie* et de l'*Ouverture tragique* (op. 81), publiées toutes les deux dans le cours de l'année 1881, on peut dire que ce sont des pages qui se distinguent, par une architecture classique et solide, une tenue majestueuse et, en même temps, par un art très nouveau de la modulation et des développements. Bien qu'elles n'aient point été écrites dans le but de peindre tel ou tel sentiment dramatique déterminé, on pourrait les rapprocher des grandioses ouvertures de Beethoven, qui s'appellent *Fidelio* et *Coriolan*.

Les *Danses hongroises* ont fait émerger, au début, le nom de Brahms. Que de personnes qui font profession de connaître les compositions du maître, n'ont jamais entendu ou joué que ces fameuses *Danses hongroises*, et ne peuvent avoir aucune idée de l'originalité et de la grandeur de son œuvre ! Ce fut pour lui une récréation, de transcrire d'abord pour le piano ces thèmes nationaux émanant de divers compositeurs hongrois, pour lesquels il s'était fortement épris, dès son arrivée à Vienne. La transcription, par Brahms, de ces mélodies pour le clavier est fort intéressante, tant au point de vue de la couleur exotique que des rythmes étincelants. Mais, n'étant point création personnelle, l'ouvrage ne porte pas de numéro d'œuvre. Elles eurent un si vif succès, que le maître arrangea les premières pour orchestre ; c'est à ce titre qu'elles figurent dans le catalogue des œuvres symphoniques.

XV. LES GRANDES COMPOSITIONS VOCALES : LE REQUIEM ALLEMAND — RINALDO — NAENIE — CHANT DES PARQUES — LES VALSES CHANTÉES.

C'est en parcourant, après les compositions orchestrales, les belles œuvres écrites par Johannès Brahms, pour soli, chœur et orchestre que se vérifie la justesse de l'observation de Schumann, lorsqu'il avançait que le jeune artiste cueillerait de nombreux lauriers le jour, où il ferait intervenir les masses chorales. Dans le cycle de ses créations, où l'ensemble des soli et des chœurs vient renforcer l'orchestre, il faut placer en première ligne le *Requiem allemand, Rinaldo*, les *Chants du destin*, le *Triumphlied, Naenie* et le *Chant des Parques*, d'après Gœthe.

Robert Schumann, qui n'était pas un religieux, dans l'acception la plus complète que comporte le mot, et qui estimait que la Bible, Shakespeare et Gœthe étaient suffisants, lorsqu'on s'était bien pénétré de leurs maximes, écrivait, le 13 janvier 1852, à son ami Strackerjean : « Consacrer des inspirations à la musique religieuse devrait être le but le plus élevé de l'artiste. Mais, pendant la jeunesse, notre cœur a des racines trop profondes dans les joies et les souffrances terrestres ; c'est seulement à l'âge mûr que les rameaux peuvent s'élever vers le ciel. C'est pourquoi je pense que ce temps viendra pour moi. » Il composa en effet, en 1852, c'est-à-dire quatre ans avant sa mort, une *Messe* et un *Requiem*. Brahms, lui, n'attendit pas l'âge mûr pour aborder la musique religieuse. Avant le *Requiem allemand*, il avait déjà fait plusieurs essais dans ce genre, et le premier fut un petit *Ave Maria* (op. 12), pour voix de femmes, qu'il écrivit à l'âge de vingt-huit ans. Puis se succédèrent le *Chant des morts* (opus 13) pour chœur et instruments à vent, les *Marienlieder* (op. 22), le 23ᵉ *Psaume* (op. 27), pour voix de femmes à trois parties, avec accompagnement d'orgue, les *Motets* (op. 29), pour chœur à cinq parties sans accompagnement, le *Geistliches Lied* de P. Flemming (op. 30), pour chœur mixte à quatre voix, et enfin les *Chœurs religieux* (op. 37), pour voix de femmes.

Dans toutes ces œuvres, le maître de Hambourg a su allier les formes les plus sévères au charme qui se dégage des ressources de l'harmonie moderne. Il leur a imprimé une note très personnelle, très suggestive ; il était préparé à ces travaux semi-religieux par les études empreintes de gravité auxquelles il s'était livré avec passion dès la prime jeunesse, et qui devaient le conduire au but le plus élevé de l'art musical. Il est utile d'ajouter que ces compositions n'ont point été conçues par l'auteur dans le but d'être exécutées à l'église. Quelques-unes, notamment les *Marienlieder*, ne sont que la traduction, aussi fidèle que possible, du texte de ces antiques chansons pieuses qui font songer aux madones de Memling, de Van Eyck ; elles en donnent le sens intime, dégagé de tout caractère liturgique.

Le *Requiem* a été composé, non sur des paroles latines, mais sur des paroles allemandes, d'où son nom de *Requiem allemand*. Ce n'est plus le sombre *Dies iræ* des offices catholiques, qui a inspiré tour à tour les maîtres, qu'ils se nomment Mozart, Cherubini, Schumann, Berlioz, F. Kiel, Verdi. Tous, bien que de tendances ou d'écoles absolument opposées, ont serré de près le texte liturgique. L'œuvre de Brahms est bien différente. Par suite du choix, fait par lui dans les saintes Ecritures, d'épisodes se rapportant à la Vie, à la Mort, à l'Eternité, il a été forcément amené à faire passer, à travers cette composition semi-religieuse un souffle romantique et printanier, évoquant le souvenir de ses plus beaux *Lieder*. A côté de pensées empreintes de tristesse s'épanouissent des hymnes d'espérance, de triomphe. Brahms a tiré le plus heureux parti de ces contrastes.

N⁰ 1. *Chœur.*— Dès l'entrée en matière, après une courte introduction de l'orchestre, où dominent les altos et les violoncelles, sorte de plainte douloureuse, le chœur, en un mouvement d'*Andantino*, fait espérer doucement, à ceux qui souffrent, la consolation de Dieu. Pleine de tristesse et en même temps d'espérance est la phrase caressante qui s'arrête par instants, pour donner brièvement la parole aux instruments, notamment au hautbois. Puis se développe plus longuement le second motif en mineur sur les paroles:«Ceux qui sèment avec larmes moissonnent avec allégresse », et dans lequel se retrouvent, avec la phrase de l'introduction orchestrale, ces harmonies préférées par Brahms, remplies d'un sentiment profond. La mélodie, soutenue un moment par les accompagnements en triolets, sorte de pulsation de l'orchestre, s'épanouit adorablement sur les mots : « avec allégresse moissonneront ». Après une interruption du chœur, pendant laquelle les violoncelles font entendre à nouveau le motif de l'introduction, les voix s'éteignent mélodieusement et *pianissimo* : « Bien heureux, bien heureux. » Enfin, le premier chœur reparaît pour s'achever dans une courte et belle apothéose, avec l'intervention des harpes. Dans cette première partie, il est à remarquer que l'auteur a supprimé

totalement les violons, pour ne laisser apparaître, comme
instruments à cordes, que les violoncelles et les altos, et
donner ainsi à l'ensemble de la trame musicale un caractère
plus grave et solennel.

No 2. *Chœur.* — Le petit prélude orchestral en mode
de marche à 3/4, et exécuté *mezza voce*, est d'une sonorité
grave et caressante tout à la fois, avec l'emploi presque
constant des contrebasses en pédale, et l'intervention des
timbales. Il rappelle beaucoup telle ou telle page caractéristique de Brahms, surtout dans les traits en trois croches liées des violons et des altos : c'est pour ainsi dire
la signature, le monogramme du maître. Elle se développe
gravement, cette belle marche, pendant que le chœur, en
un superbe *lamento*, exprime cette triste et sombre idée :
« Car toute chair est comme l'herbe, et toute gloire humaine
est comme l'humble fleur de l'herbe. »

La seconde partie (lettre C), d'un mouvement plus
animé : « Soyez patients, mes bien-aimés », contraste vivement avec la précédente ; toutes deux forment une anti-
thèse très marquée de la douleur et de la félicité. C'est un
frais *lied* dans le style d'un Noël plein de naïveté, comme
Brahms en a laissé si souvent et si heureusement échapper
de sa plume. Voilà une note toute particulière, s'éloignant
absolument, aussi bien par la forme que par le fond, du
caractère liturgique propre au *Requiem* sur les paroles
latines. Quel délicieux accompagnement que celui dans
lequel l'auteur a su rendre par de légers *staccati* (flûtes et
harpes), l'effet résultant du texte, indiquant que le labou-
reur doit patienter jusqu'à ce qu'il ait reçu *la pluie du matin!*
Et quelle adorable conclusion sur ces paroles *pianissimo*
du chœur « Il patiente », avec les quelques notes finales
du cor, cet instrument si cher à Brahms. Après la reprise

de la marche et du premier motif choral, l'orchestre et les
chœurs attaquent une phrase large et grandiose : « Mais
la parole reste dans l'éternité », qui se lie au beau chœur
final en forme de fugue : « Ils viendront, les rachetés »,dans
lequel les instruments répondent par des accords vigou-
reusement accentués aux masses chorales. Remarquons
le charme et la douceur qui se dégagent, à deux reprises
différentes, après les chants de triomphe, de la traduction
musicale des mots «...reposera sur eux »,— et enfin,la belle
péroraison où les voix, après un grand éclat, s'éteignent,
accompagnées *pianissimo* par de ravissants traits de cordes
en gammes descendantes et montantes, soutenus par les
trombones.

N° 3. *Baryton solo et chœur.* — Le solo que chante le
baryton : « Dieu , enseigne-moi », est d'un style sévère et
triste ; il donne très exactement l'impression du néant des
choses d'ici-bas, des vanités terrestres. Le chœur reprend
et accentue l'humble prière. Puis, dans une phrase mouvementée, plus énergique, qui est redite immédiatement
par le chœur, le solo s'écrie : « Père, devant toi s'anéantis-
sent mes jours. » Notons l'effet troublant qui se dégage
après le *crescendo*, et l'arrêt subit de l'ensemble des voix
s'éteignant sur les mots « un rien ». Tout ce qui suit est
très dramatique, jusqu'à la courte et adorable phrase en
majeur : « J'espère en toi seul », dans laquelle les voix
entrent successivement *pianissimo*, avec une phrase liée
de neuf noires groupées trois par trois, pour aboutir à cette
majestueuse et terrible fugue, où la pédale, sur la note *ré*,
résonne et bourdonne sans interruption, pendant que les
masses chorales se développent *fortissimo*, soutenues par
les traits en croches largement détachées des instruments
à cordes. C'est une page unique en son genre, et qui pro-

duit un effet des plus saisissants, lorsque l'orchestre et les chœurs forment une armée nombreuse et compacte.

N° 4. *Chœur.* — C'est encore dans le style tendre et gracieux du *Lied*, ne s'éloignant pas toutefois de la gravité qui règne dans l'ensemble de l'œuvre, que Brahms a traduit ces pensées plus consolantes : « Bien douces sont tes demeures, ô Dieu d'Israël. » Le charme qui enveloppe l'auditeur est encore augmenté par la richesse de l'orchestration, par cette mélodie touchante des violons (lettre A.) et ces *pizzicati* des violoncelles que l'auteur a employés souvent et avec le plus heureux résultat dans le cours du *Requiem.* La phrase caressante des voix en croches, liées deux à deux, sur les mots « en te louant à jamais », est une sorte d'association du *legato*, adopté pour la mélodie, et du *staccato*, réservé à l'accompagnement.

N° 5. *Soprano, solo et chœur.* — Délicieux sont les violons en sourdine, avec les petites phrases que se renvoient le hautbois, la flûte et la clarinette. Sur cette trame gracieuse et légère s'enlève le solo de soprano, reproduisant à peu près la mélodie de l'orchestre : « Vous qu'afflige la douleur, espérez... » La voix semble venir de la voûte céleste pour annoncer les consolations futures, et le chœur répond *mezza voce* : « Je vous consolerai comme une mère. » Toutes ces pages sont d'une couleur douce et légère — une fresque de Bernardino Luini ; c'est un murmure délicieux qui s'évanouit, peu à peu et idéalement, sur les paroles du soprano, soutenu par les masses chorales : « Vers vous je reviendrai..., je reviendrai. »

N° 6. *Baryton solo et chœur.* — Voici le point culminant de la partition, la clef de voûte de l'édifice. Après une entrée du chœur, pleine de tristesse, sorte de lamentation ou psalmodie qu'accentuent les violons en sourdine, ainsi que les

violoncelles et contrebasses en *pizzicati* : « Nous n'avons ici
de durable cité », le baryton solo annonce la résurrection
dans un style large et solennel ; les voix, répondant *pianissimo*, s'élèvent par des gradations successives jusqu'à
cette explosion grandiose : « Les trompettes retentiront. »
C'est un déchaînement monstrueux des chœurs et de l'orchestre, « où s'agitent et se tordent, à l'appel des sons, le tu-
multueux effarement, la terreur suprême qui condamnent
à ne pouvoir se fuir elles-mêmes, des âmes éperdues »,
et où la Vie accuse hautement son triomphe sur la Mort.
La fugue· qui suit, bien que très mouvementée, pâlit à
côté de ce formidable chœur, qui porte l'émotion à son
comble.

N° 7. *Chœur.* — « Gloire à ceux qui meurent dans le
Seigneur», chantent les voix accompagnées par l'orchestre»,
dont le trait persistant, et consistant en une suite de notes
liées deux à deux est une des formules préférées de J. Brahms,
et qui rappellerait le vieux et sublime maître qu'il a si
profondément étudié, Jean-Sébastien Bach ! Puis, ce
chœur s'apaise un instant pour murmurer : « Oui, l'esprit
dit qu'ils reposent de leurs souffrances », et alors, se dessine
en majeur cette délicieuse phrase chorale que met merveilleusement en relief le dessin des instruments à cordes en
douze croches liées par groupes de six. Enfin, comme apothéose finale, retentit pour la dernière fois le beau motif
du premier chœur de la partition, soutenu par les sons voilés
de la harpe.

L'œuvre s'achève ainsi dans un sentiment d'espérance
de paix et de pardon, qui donne bien la synthèse de la conception du maître.

C'est pendant un séjour à Bonn, au cours de l'été de
1868, que J. Brahms s'occupa de la publication du *Requiem*

allemand, qui fut édité dans la même année chez J. Rieter-Biedermann.

Les trois premiers morceaux non gravés avaient été exécutés à Vienne, en 1867, sous la direction de Herbeck· L'œuvre entière (à l'exception du chœur n°5) fut exécutée le 10 avril 1868 dans la cathédrale de Brême. Le retentissement qu'eut cette composition magistrale la répandit rapidement en Allemagne et en Suisse, où elle fut produite souvent, notamment dans la belle cathédrale de Bâle, qui se mire dans les eaux du Rhin. En France, la première audition en fut donnée aux concerts populaires, sous la direction de Pasdeloup ; mais l'exécution fut si faible, que l'œuvre ne fut pas comprise et passa inaperçue. La Société l'Euterpe a poursuivi la belle mission qu'elle s'est imposée, en faisant exécuter à plusieurs reprises le *Requiem allemand*, soit à la chapelle du palais de Versailles, le 24 mars 1891, soit , le 23 mars 1899, au Cirque d'Été. Sous la direction de M. Paul Taffanel, la « Société des Concerts » le donna pour la première fois au Conservatoire, le Samedi saint, 14 avril 1900.

Rinaldo (op. 58), cantate pour ténor, chœur d'hommes et orchestre sur la poésie de Gœthe, d'après la *Jérusalem délivrée* du Tasse, publiée en 1869, est une des belles créations de musique vocale du maître de Hambourg. A l'exemple de Schumann, en plusieurs de ses partitions similaires, il a traduit avec une fidélité surprenante l'œuvre du poète, rendant avec un rare bonheur les accents de passion douloureuse, de caressantes douceurs, d'extase infinie, de mouvements héroïques qui éclatent à chaque page. Ubalde et le Chevalier danois partent pour se rendre près de Renaud et l'arracher aux séductions d'Armide. A leur approche, l'enchanteresse fuit, et toute la scène est concentrée

entre les chevaliers qui veulent arracher leur compagnon
à l'influence d'Armide, et Renaud qui lutte contre la passion
qui le dévore. Ce n'est qu'à l'aspect du bouclier de dia-
mant, sur lequel se reflète son image flétrie, qu'il commence
à revenir à lui et à prendre la détermination de quitter les
jardins d'Armide. Il faudrait citer toutes ces mélodies
remplies d'enivrantes langueurs : « *Les roses fleurissent
près de la terre* » — « *Alors, les lis et les roses s'entrelacent
en couronnes* », etc...., — puis le chœur énergique des chevaliers cherchant à éveiller Renaud de ses rêves ; le récit
plein de sombre désespoir du chevalier, lorsqu'il se voit
défiguré dans le bouclier magique, et enfin la splendide
péroraison aboutissant à un chant de victoire. C'est cette
dernière scène qu'a si bien rendue, par le pinceau (1) et par le
crayon lithographique, un des peintres les plus individuels,
peut-être le plus grand portraitiste du XIXᵉ siècle, Fantin-
Latour. Le vaisseau est prêt à partir ; les voiles se gon-
flent ; déjà les chevaliers embarquent. Renaud, armé du
bouclier, dit, par un geste plein de noblesse, adieu au séjour
trompeur. Au loin, on entrevoit l'enchanteresse, comme
une séduisante apparition.

Après l'achèvement de la *Rhapsodie* pour contralto,
voix d'hommes et orchestre (op. 53), publiée en 1870, et
des *Chants du destin* (op. 54), édités en 1871, deux œuvres
de caractère grave, J. Brahms compose en 1872, à l'occasion des victoires des armées allemandes, le *Triumphlied*
(op. 55), d'après les paroles de l'Apocalypse, pour chœur
à huit parties et grand orchestre : c'est l'art de Bach et
de Haendel, rajeuni par tout le trésor de l'harmonie moderne.

(1) Le tableau de Fantin-Latour, représentant la dernière scène de
Rinaldo est dans notre collection·

Naenie (op. 82) pour chœur et orchestre, parue en 1881, fut inspirée au compositeur par une poésie de Schiller, empreinte de souvenirs mythologiques et funèbres. Dans cette composition, où l'on retrouverait certaines analogies avec telles pages du *Requiem*, le compositeur a montré quel parti pouvait être tiré de l'alliance du style ancien avec les ressources de l'orchestration moderne. « *Le beau même périt ; il le faut ! Ce qui subjugue et les dieux et les hommes n'émeut pas le cœur de fer de Jupiter stygien.* » Toute cette première partie, avec un prélude orchestral à 6/4, est conçue dans la manière de Bach ou de Haendel, avec une teinte moins sévère et une grâce éloignée de toute affectation théâtrale. Mais, lorsque Vénus, ne pouvant sauver le héros divin succombant aux portes de Troie, sort de la mer avec les filles de Nérée et élève une plainte funèbre à la gloire de son fils, Brahms écrit un hymne d'une largeur et d'une chaleur qui rappellent le style de Schumann. Là, comme dans nombre de ses compositions pour chant, il s'est éloigné de Beethoven, pour revenir à son conseiller, à son maître de prédilection.

Une belle et très sévère page encore est *Le Chant des Parques* (op. 89), d'après Gœthe, qui fut exécuté pour la première fois à Paris, à la «Société des Concerts », le 23 mars 1894, sous la direction de M. Paul Taffanel. L'œuvre, qui peut être rattachée au genre religieux, fut publiée en 1883. On y rencontre une forme très particulière au maître de Hambourg, l'emploi savamment combiné des rythmes binaires et ternaires, l'alternance des notes déta-chées et des notes soutenues, une couleur intense, qui donnent à l'ensemble de l'œuvre un effet très caractéristique. Avec un mélange marqué de l'école classique et de l'école romantique, Brahms a écrit une œuvre profondément

sentie comme traduction du texte de Gœthe. A côté de
pages d'une mâle vigueur existent des parties comme le
chœur à 3/4, débutant à découvert, qui sont d'une grande
douceur. On notera les effets curieux qui, à la conclusion
de l'œuvre, se détachent d'une manière si pittoresque à
l'orchestre.

* *

Aux travaux précédents s'allient tout naturellement
les œuvres pour chœurs sans accompagnement ou avec
accompagnement de piano et même d'instruments, parmi
lesquels figurent des chants sacrés ou profanes, des Lieder
pour plusieurs voix, des motets... Nul doute que les chants
ayant un caractère religieux n'aient été pour ainsi dire
des préludes au grand Requiem ; c'était l'époque à laquelle
Brahms, fortifié par de nouvelles et sérieuses études, allait
s'élever aux sommets les plus élevés. En toutes ces compositions sacrées, le maître a su allier les formes les plus sévères au charme qui se dégage des ressources de l'harmonie
moderne. Quelques-unes, les Marienlieder pour chœur
mixte (op. 22), sont une traduction fidèle de ces antiques
chansons pieuses, de ces légendes naïves qui se créèrent,
au moyen âge, autour de l'autel de Marie. Le plus beau
joyau du cycle ne serait-il pas Maria's Kirchgang ?

Le Vingt troisième Psaume (op. 27), pour chœur de
femmes à trois voix, avec accompagnement d'orgue ou de
piano, publié à Vienne en 1864, ne relève plus de l'art brillant de Mendelssohn, mais de l'école des maîtres anciens.
Seulement, à leur style s'ajoute une chaleur communicative, dont Brahms est coutumier.

Ecoutez les divers Motets pour chœur mixte écrits a
capella (op. 29, 1864, — op. 74, 1879, — op. 110, 1890), et voyez

comme l'auteur a su adapter l'esprit moderne à la forme
ancienne. C'est l'art polyphonique dérivant de J. S. Bach
et s'épanouissant en toute sa beauté. Ce sont de véritables
modèles dans le genre.

Examinez les *chants sacrés* pour voix diverses (op. 30
et 37) ; vous y trouverez un sentiment infiniment tendre,
relevé par un accompagnement le plus souvent complètement indépendant du chant et d'une souplesse admirable.

Et que d'ensembles vocaux il y aurait encore à signaler :
les *Chants* pour chœur mixte (op. 41. 42, 44, 62, 93, 104,
105, 109), les *Canons* op. 113), tc.... ! Arrêtons-nous aux
Valses chantées Liebeslieder , chants d'amour, pour quatuor mixte avec accompagnement de piano, d'après le
poème « *Polydora* » de Daumer. Le premier recueil (op. 52)
fut publié en 1869 et se compose de dix-huit pièces ; le
second, paru en 1875, en renferme 14, plus la conclusion.
Ne vous figurez pas que ces *Valses* aient été écrites, comme
celles de J.Strauss pour faire danser les jolies filles de Vienne?
Non pas qu'il soit utile de mépriser ces dernières, qui ont
un certain accen , une aimable couleur et dont Brahms
lui même était loin de méconnaître la valeur ; mais tout
autres sont les *Liebeslieder* de Brahms : leur rythme très
curieux, leur mouvement tantôt lent, tantôt rapide, ne
semble pas indiquer qu'ils puissent convenir pour marquer le
pas. Ici, la mélodie dansante et chantante n'a rien à voir
avec ce que l'on pourrait appeler la dépravation du goût.
Brahms n'a admi aucune alliance suspecte ; il prend le
genre au sérieux e en fait quelque chose de nouveau. Ce
sont de véritable poèmes chantés,dont le smotifs sont beaux
et nobles ; ils provoquent une émotion si sincère, si éloignée de toute idée superficielle, qu'ils peuvent être com-

10

parés aux œuvres les plus belles des maîtres (1) Quels trésors
de grâce, de souplesse, de réticence, de passion concentrée,
d'humour et même de mystère renferment ces exquises
conceptions ! Que de nouveautés elles nous apportent, avec
leurs dessins rythmiques si hardis, avec leur mélodie si
prenante ! En un mot, Brahms, comme l'a très justement
écrit Léonce Mesnard, spiritualise le mouvement de valse.

A ce chapitre peuvent être rattachés les *Chants populaires allemands* pour voix mixtes *a capella*, dédiés à l'Académie de chant de Vienne, publiés en 1864, et les *Chants
populaires d'enfants*, dédiés aux enfants de Robert et
Clara Schumann, gravés en 1858. Ces derniers, qui furent
composés au début de la carrière du maître, laissent entrevoir l'amitié profonde que Brahms portait aux enfants en
général, à ceux de Robert Schumann et de sa digne compagne en particulier ; ils font aussi comprendre, ainsi que les
Chants populaires allemands, le culte professé par lui
pour le Folklore et l'admirable parti qu'il en tira, non seulement dans ses œuvres de chant, mais encore dans les
compositions symphoniques.

(1) En France, deux compositeurs, MM. Th. Gouvy et Paul Lacombe,
ont prouvé qu'il était possible d'écrire, même après Brahms, des valses
ou des morceaux en forme de valse, ayant le caractère le plus sérieux.

XVI. Les Lieder. Le chant populaire et le lied
raffiné. Brahms excelle tour a tour dans les deux
modes et parfois les combine. Cycles et genres
divers qu'il a traités.

Les Lieder de Brahms ! Quelle place grandiose ils tien-
nent dans son œuvre ! Ils sont peut-être la manifestation
la plus étonnante de son génie. Comme il a su, après Schubert, Mendelssohn et Schumann, leur donner tour à tour
un accent dramatique, passionné ou un sentiment naïf,
un caractère gai ou triste, un humour irrésistible ! C'est
qu'en dehors des œuvres des poètes classiques ou roman-
tiques de l'Allemagne qu'il traduisit musicalement, il puisa
nombre de ses inspirations, non seulement dans les poésies
populaires d'outre-Rhin, dont les principaux éléments
sont l'amour et la mort, mais encore dans le Folklore de divers peuples d'Europe. Avec quelle fidélité, avec quelle
distinction il a rendu l'impression du texte, tout en variant
à l'infini l'accent et en élargissant le sens ! Combien sou-
ples, spirituels, énergiques sont les accompagnements
confiés au piano ! Ses inspirations vocales envahissent tellement son âme et sa pensée, qu'il n'a pu s'empêcher d'en in-
troduire des souvenirs frappants dans sa musique de chambre, et même dans ses grandes compositions symphoniques
et chorales.

Telles les étoiles que la fiction des anciens représentait
comme des clous d'or forgés par les dieux pour attacher

le voile de la nuit, les mélodies de Brahms apparaissent dans le firmament de l'art musical. Elles constituent une véritable conquête et enrichissent merveilleusement la Bible vocale du XIXᵉ siècle. Choisissant les textes qui lui paraissaient le plus aptes à développer son invention mélodique, Brahms a créé, après Schumann, des *Lieder* qui sont de véritables chefs-d'œuvre ; plus on les étudiera, plus on y découvrira des trésors d'expression pénétrante, de passion concentrée, de grâce attendrie, d'humour. Si Schubert semble offrir, dans la création du Lied, la spontanéité, la naïveté, la petite fleur bleue de l'émotion ; Mendelssohn, une facture simple, dégagée de toute complication, une élégance et une clarté toujours égales ; Schumann et Brahms déploient un sentiment beaucoup plus profond, une expression lyrique plus large ; ils possèdent une subjectivité autrement puissante. Ils se distinguent encore de leurs illustres devanciers par une particularité : la beauté, la richesse et l'originalité de l'accompagnement. La partie de piano, chez ces deux grands maîtres du *Lied*, est le plus souvent totalement indépendante, un véritable poème au-dessus duquel plane la voix. Voilà une invention merveilleuse qui a porté ses fruits ; car nombre de compositeurs modernes, qui ont cultivé la mélodie, ont pris pour modèles Schumann et Brahms.

La veine mélodique chez Brahms fut beaucoup plus précoce que chez Schumann. Alors que le second, après s'être d'abord livré exclusivement à la musique de piano, n'aborda la composition du Lied qu'à l'époque de son mariage avec Clara Wieck ; le premier, au contraire, créa des chants remarquables à l'aurore de sa carrière : c'est ainsi que les six *Lieder* dédiés à Bettina d'Arnim datent de l'année 1854 et portent le numéro 3 des œuvres. Jamais ne s'éteignit sa verve mélodique, et c'est encore une œuvre pour chant qu'il écrivit, quelques mois avant de quitter cette terre : « Quatre chants graves » (op. 121). Ce furent les dernières notes plaintives du cygne !

Les *Romances de Magelonne*, sur la poésie de L. Tieck (op. 33), dédiées à Julius Stockhausen, sont un pur trésor dans le cycle des *Lieder*. Elles sont au nombre de quinze et forment un vaste poème, dans lequel Brahms a su rendre musicalement l'impression d'ensemble qui s'en dégage. Le développement de chacun de ces *Lieder*, eu égard à l'importance du texte, a pris une assez grande extension. Il y a là une nouveauté dans la manifestation des sentiments et une intensité d'expression que jamais l'auteur n'a peut-être dépassées. Les poésies de Tieck, qu'elles cherchent à peindre, le début de l'amour naissant, les amères tristesses qui viennent souvent en détruire les joies, les regrets de la séparation ou l'espoir d'un avenir meilleur, sont quelque peu nébuleuses ; elles doivent perdre beaucoup à la traduction. Mais, avec sa riche palette, le musicien a su leur donner un relief puisssant. Il faudrait placer en toute première ligne les neuvième et douzième mélodies. Dans la neuvième à 6/8, le musicien a su peindre idéalement le calme de la nuit, le repos bienfaisant, alors que s'éteint le doux murmure de la brise, le silence qui naît après que le chant des oiseaux a cessé et que les bruits de la terre se sont apaisés. Tandis que la main gauche dessine *pianissimo* à contre-temps l'accompagnement, la droite fait entendre le thème doux et lent, qui est pour ainsi dire le pivot de toute la pièce et sur lequel s'élève mystérieusement la voix. Puis, entre chaque partie, le clavier murmure, tel un refrain, une berceuse absolument exquise. Lorsque, aux changements de ton et de mouvement, le poète dit : « Chante

encore, ô mélodie », un nouveau motif s'élève qui, se rattachant admirablement au premier thème, donne à toute
l'œuvre une grande homogénéité. Quelle passion, quelle
ardeur dans le n° 12 : « Est-ce donc l'adieu suprême qui
me doit briser le cœur » ! L'émotion que fait naître ce lied
ne peut être comparée qu'à celle ressentie à l'audition des
plus beaux poèmes de R. Schumann ; il en possède l'élan
spontané et la merveilleuse ordonnance. L'allégresse est
grande dans cette page de la *Magelonne* (n° 5): « Ainsi ma
détresse, — tu veux qu'elle cesse. » L'accompagnement en
triolets rapides à la main droite, tandis que la basse dessine fortement le premier thème, ajoute une force nouvelle
à la merveilleuse mélodie.

Si nos calculs sont exacts, le nombre des *Lieder* de Brahms,
dans la collection des *Lieder und Gesange*, ne s'élève pas
à moins de deux cent soixante et un, avec ou sans numéro
d'œuvre ; et ne sont pas compris, dans ce chiffre, les chants
pour plusieurs voix ou pour chœurs. Cette production de
Lieder proprement dits paraîtra considérable, si on réfléchit
à la somme de travail qu'elle a dû imposer au compositeur ;
car, indépendamment de la spontanéité dans la création,
il n'en est pas moins évident que chacun de ses chants,
avec l'accompagnement si indépendant et si caractéristique, laisse entrevoir un souci de la perfection : rien n'est
laissé au hasard, au premier jet. Le choix du sujet ou du
texte indique également la grande connaissance qu'avait
Brahms de la littérature contemporaine. Nous avons vu,
dans la première partie de cette étude, qu'il possédait une
culture supérieure, lisant beaucoup la littérature allemande, l'histoire, la Bible et toutes les publications touchant
aux Beaux-Arts. Ses voyages en Italie avaient, sans nul
doute, fortifié cette culture.

Ce qu'il faut d'abord signaler dans la création de ces *Lieder*, c'est l'emprunt considérable fait par notre compositeur au Folklore de diverses nations. Il semble qu'il ait encore dépassé les maîtres précédents dans l'adoption des poésies émanant de l'âme du peuple, qui sont déjà par elles-mêmes un chant. Sur les deux cent soixante et un *Lieder* proprement dits composés par Brahms, il n'en existe pas moins de cent cinq qui lui furent inspirés par la poésie populaire et primitive. En dehors du Folklore allemand, les chants d'Espagne, d'Ecosse, de Moldavie, de Hongrie, de Bohême, de Slavonie, de Serbie, d'Italie, de Calabre, ont été un vaste champ d'étude pour le maître d'outre-Rhin. Un seul chant populaire fut créé par lui sur un texte français et emprunté à une poésie du XIIIe siècle, attribuée à Thibaut, comte de Champagne. Elle figure dans l'opus 14 sous le n° 4, et porte ce titre : « Un sonnet. » Il semble que, pour traduire musicalement cette vieille et naïve chanson d'amour du moyen âge, Brahms ait inventé une ligne mélodique d'un tour archaïque et très adéquat au texte. C'est avec une sorte de grâce intime qu'il chante la bouche rose, le sourire et le « doux regarder » de la bien-aimée. L'accompagnement va même jusqu'à suivre fidèlement le thème du début.

Lorsque l'on avance très justement que l'art n'a pas de frontières, on veut établir que l'œuvre d'un génie, à quelque nation que ce dernier appartienne, rayonne sur le monde entier, qu'elle doit être admirée aussi bien à l'étranger que dans le pays d'origine. Mais cela ne signifie nullement que cette œuvre ne porte pas ou ne doive pas porter la marque de la contrée où elle prit naissance. Celle de Brahms est bien nationale et se compose des éléments propres à la race allemande. Le *Requiem allemand* est profondément allemand, non pas seulement parce qu'il fut écrit sur des paroles allemandes, mais encore parce que ses thèmes ont, si je puis m'exprimer ainsi, le « goût du terroir ». Toute sa musique symphonique, pianistique, vocale explique fortement la théorie du *milieu* où il naquit, où il vécut. Certes l'humanité toute entière peut être sa patrie, et ses compositions seront, en un avenir peu lointain, comprises et admirées à Paris comme à Berlin. Et cependant, son œuvre a toutes les qualités, incarne tous les symptômes de sa race ; elle est un anneau de la forte chaîne des ancêtres illustres, dont le maître symphoniste possède l'esprit et la gravité. Les *Lieder*, ceux mêmes qui furent composés sur des textes populaires étrangers, ont toujours une saveur *sui generis*, à laquelle il est impossible de se tromper.

En les entendant chanter, on ne peut les attribuer qu'à un compositeur de nationalité allemande et pas à d'autre qu'à Brahms.

Voici, parmi ces chants inspirés par le Folklore, un des plus beaux : *Amours éternelles* ! C'est l'ombre qui s'abaisse, le ciel qui se fait noir... et la musique emprunte sa mélancolie à une poésie du pays des Wendes (1). Lorsque le gars, ramenant sa belle au hameau, lui dit qu'il s'en ira, le cœur triste, si on la raille d'être sa fiancée, la musique éclate en une plainte croissante et superbe jusqu'au moment où, après un silence de la voix pendant lequel, seul, l'accompagnement en croches liées se fait entendre, la jeune fille soupire dans un bel *Adagio :* « Que nous importe.... nos cœurs sont unis ; rien ne peut rompre l'amour qui nous étreint. » Ici, l'inspiration est grandiose, solennelle, dépas

---

(1) Les Wendes ou Venedes étaient les tribus slaves occupant le territoire depuis la Baltique jusqu'aux Alpes Carniques.

sant celle d'un Schubert, et peut-être celle d'un Schumann.

Du recueil » *Le Cor merveilleux de l'enfant* « (*Des Knaben Wunderhorn*), Brahms a tiré un merveilleux parti. On sait que la publication de ce recueil de chansons populaires d'outre-Rhin est due à Clément Brentano (1) et à Achim d'Arnim (2).Ce fut,pour ainsi dire, la résurrection du *Volkslied*, pour le grand public. La passion de Brahms pour le cor,qu'il a fait intervenir avec tant d'à-propos et de noblesse dans ses œuvres symphoniques et dans sa musique de chambre, ne l'a-t-elle pas amené à traduire musicalement certaines chansons tirées du « *Cor merveilleux de l'enfant* » ? Il faudrait citer, dans l'opus 48, les jolis *Lieder* : *Der Ueberlaufer* (n° 2) et *La plainte d'amour de la jeune fille* (n° 3).

Continuons à noter, parmi les chansons inspirées à Brahms par des textes populaires, le n° 3 de l'op. 49 : *Aspiration* (*Sehnsucht*), empruntée à la poésie de Bohème. Ici, les regrets s'emportent en une adjuration pathétique : « Tendez-vous, rochers, abaissez-vous, vallons, pour que je revoie ma bien-aimée. » Brahms a encore écrit (op. 14, n° 8) dans la série des *Lieder und Romanzen*, entièrement consacrée au Volkslied, une mélodie charmante, portant le même titre *Aspiration*.

Deux *Lieder* (op. 58, nᵒˢ 1 et 3) ont été écrits sur des poésies inspirées à Aug. Kopisch par le Folklore italien, ce sont : *Colin-Maillard*, où la mélodie, mélancolique dans la première partie, gaie dans la seconde, s'élève prestement portée par un délicieux et léger battement simultané de doubles croches à la main gauche et à la main droite, qui trottine

(1) Clément Brentano (1778-1842), frère de la célèbre Bettina d'Arnim, amie de Goethe,
(2) Achim d'Arnim (1781-1831), romancier prussien.

à plaisir, — et *La Prude*, sur une chanson populaire cala-
braise.

On voit jusqu'à quel point Brahms a suivi l'exemple
de Herder, qui, dans « *Voix des peuples* » (1), s'ingénia à
saisir le génie poétique de chaque nation, en puisant à plei-
nes mains dans le Folklore universel, et en proclamant, un
des premiers, qu'il fallait remonter aux sources de la poésie
primitive et populaire pour y rencontrer les beaux modèles
à suivre et retrouver ainsi le chemin de la nature et de la
vérité. Les « Voix des peuples » sont en quelque sorte la
Bible vocale de toutes les nations : Brahms, en s'en faisan
l'interprète musical, a continué le mouvement admirable
qui s'était dessiné en Allemagne pour le retour à la chanson
populaire. On retrouve la trace des « Voix du peuple », non
seulement dans la suite des *Lieder* populaires de Brahms
(op. 14, *L'assassinat de Murray*, ballade écossaise), mais
encore dans les trois Duetti pour soprano et contralto
(op. 20), les *Ballades et romances* à deux voix (n° 1, Edward) et, ce qui est encore plus frappant, dans les *Quatre
Ballades* pour piano, dédiées à Julius O. Grimm, qui furent
également inspirées à notre compositeur par la même chanson populaire, *Edward*.

Les chants et poésies d'Uhland (2), ont profondément
influencé Brahms. Uhland fut, lui aussi, pénétré d'un
large sentiment humain, qu'il puisa à la bonne source, la
chanson du peuple. Formant un contraste frappant avec

(1) A propos de ce recueil, Mme de Staël disait, dans son Étude « De
l'Allemagne » : On y peut étudier la poésie naturelle, celle qui précède les
lumières. La littérature cultivée y devient si promptement factice qu'il
est bon de retourner quelquefois à l'origine de toute poésie, c'est-à-dire
à l'impression de la nature sur l'homme. avant qu'il eût analysé l'univers
et lui-même.

(2) Uhland, 1787-1862.

le sceptique et flamboyant Henri Heine, Uhland n'a rien
d'un cosmopolite ; son tempérament est essentiellement
germanique. Il fut un poète idyllique, qui introduisit un
sentiment très moderne dans la reconstitution de certains
sujets légendaires. Trois de ses poèmes n'ont-ils pas trouvé
en Robert Schumann un traducteur génial ? Brahms fit de
larges emprunts à la poésie d'Uhland. Parmi les *Lieder*
populaires, il faudrait citer le n° 3 de l'opus 17, *Dimanche*,
d'un sentiment musical simple, presque naïf, et le n° 4 de
l'op. 43, le *Chant du seigneur de Falkenstein*.

Que de *Lieder* on aurait encore à signaler parmi le cycle
du Folklore ! Nous avons dit qu'ils s'élevaient à cent cinq
environ, parmi lesquels doivent être compris les quarante-
neuf *Lieder populaires allemands* (Deutsche Volkslieder)
et les quatorze *Chansons populaires d'enfants* (Volks-Kin-
derlieder), dédiées aux enfants de Robert et de Clara Schumann, tous sans numéros d'œuvre.

Si du Folklore nous revenons à la région des Lieder proprement dits, nous remarquerons qu'ils furent écrits par
Brahms presque exclusivement sur les textes poétiques
des auteurs allemands épris de romantisme. Schumann, lui,
ne s'était pas fait faute de recourir aux poètes anglais, pour
nous donner une traduction musicale merveilleuse de leurs
œuvres. C'est ainsi qu'il fut le collaborateur de Byron avec
Manfred (op. 115), les *Trois Chants hébraïques* (op. 95), les
Stances hébraïques et l'*Enigme* (op. 25, n°s 15 et 16), —
de Shakespeare avec l'Ouverture de Jules César (op. 128),
et la *Chanson du clown* (op. 127, n° 5) — de Shelley,
avec *Die Flüchtlinge* (op. 122, n° 2), — de Burns, avec
un certain nombre de chants (op. 55, — op. 25, n°s 4,
10, 13, 14, 19, 20, 22 et 23, — et enfin de Thomas Moore
avec deux *Chants vénitiens* (op. 25, n°s 17 et 18). La poésie

anglaise ne sollicita Brahms que deux fois dans les chants
pour voix de femmes (nᵒ 2 *Lied de Shakespeare*, nᵒ 4 *Chant
d'Ossian*, tiré du poème de *Fingal* (1). Deux seuls poètes
français ont été mis par lui à contribution : Jean-Baptiste
Rousseau, qu'on est un peu étonné de rencontrer comme
collaborateur du maître allemand, et un inconnu, Ferrand.
La poésie de J.-B. Rousseau a pour titre *Le Printemps*
(op. 6, nᵒ 2) et celle de Ferrand, *Amour fidèle* (op. 7, nᵒ 1).

Tous les autres *Lieder* ont été composés sur des textes d'auteurs allemands, appartenant à la période lyrique
contemporaine. Gœthe et Henri Heine dominent cette pléiade
des enfants du Pinde. N'était-il pas le maître des poètes
lyriques, celui qui, passionné pour Shakespeare et influencé
dans sa jeunesse par Herder, éleva cet étonnant monument :
Faust ? N'est-ce point encore dans la forêt enchantée du
romantisme que nous transporta le poète étincelant Henri
Heine? Et cependant, ce n'est ni à Gœthe, ni à Henri
Heine, ni à Schiller, dont il mit en musique la Nænie, que
Brahms a fait les plus nombreux emprunts. Il s'adresse
de préférence à ceux que l'on serait tenté d'appeler les
« minores », si, parmi eux, ne se trouvaient des poètes vraiment remarquables. Les noms que l'on rencontre le plus
souvent sont ceux de Daumer, qui tient la tête avec cinquante et une poésies, parmi lesquelles figurent, pour le
chiffre de trente-deux, les *Valses chantées* (*Polydora*), de Tieck
avec les quinze pièces de *Magelonne*, Claus Groth, Paul
Heyse, Eichendorff, Fr. Ruckert, Carle Lemcke, Wenzig,
Uhland, Hölty, Carl Candidus, Siegfried Kapper, Hoffmann von Fallersleben, Fr. Halm, Schenkendorf, Herder,
Aug. V. Platen, Hans Schmidt. Puis viennent, avec des

---

(1) Les « Chants pour voix de femmes » (Op. 17) ont été traduits en
français par Mᵐᵉ Louise Ott.

poésies moins nombreuses, Fr. Hebbel, A. F. von Schack, Emmanuel Geibel, Mörike, P. Flemming, Gottfried Keller Brentano, Robert Reinick, W. Muller, C. Reinhold, Max Kalbeck, Hermann Allmers, Alexis Willibald, Simrock, V. A. Kopisch, Detlef von Liliencron, von Bodenstedt, Alfred Meissner, Ruperti, J. H. Voss, Chamisso, M. Grohe, Justinus Kerner, Theodor Storm, Felix Schumann, Achim d'Arnin, Hermann Lingg, Franz Kugler, Adolf Frey et O. Fr. Gruppe. Tous ceux qui s'intéressent à la résurrection du Lied devront lire le beau livre de M. Edouard Schuré, sur l'histoire du Lied (1) ; ils y trouveront les appréciations les plus justes sur la plupart des poètes de la période romantique que nous venons de citer et dont les œuvres furent mises à contribution par Brahms pour la conception de ses meilleurs *Lieder*.

Avec eux, nous entrons dans une contrée élyséenne, bien voisine de celle qu'exploita si abondamment R. Schumann. Ces mélodies sont autant de fleurs aux parfums enivrants, aux couleurs les plus vives et les plus variées, cueillies par le maître dans les parterres consacrés à la culture de la flore somptueuse et dans les prairies vertes et fleuries. A côté des espèces rares s'épanouissent, en leur charmante simplicité, les spécimens de la fleur champêtre. Sur ces parterres, sur ces prairies, la douce Phébé au front d'opale verse sa lumière argentée, et devient la confidente des secrets d'amour. Vénus s'y promène victorieuse. Le ruisseau qui murmure, la forêt sur laquelle passe le souffle léger de la brise, tout y parle d'amour. Les bruissantes mélodies se mêlent aux harmonies de la source au pur cristal ; et, lorsque l'ombre envahit les monts, quand tous les feux

(1) 1 vol. in-12. Paris, Perrin et Cie.

du ciel s'éteignent, les amoureux tendrement enlacés effleurent légèrement les gazons de la prairie, comme les belles filles de l' « Allégorie du Printemps », de Botticelli. Ici, les tristesses de l'éloignement sont adoucies par d'adorables murmures, et les désirs de retrouver la bien-aimée sont exprimés par des élans chaleureux. Ici encore, les splendeurs de la nature chantent la paix divine qui descend de l'Empyrée, et le chant s'élève en une sorte d'action de grâces, à l'aspect des cieux sans nuages, du lac dont le clair miroir reflète la voûte céleste..... Ce sont d'admirables tableaux sonores dans lesquels l'auteur a su exprimer avec une profondeur d'expression intense les passions de l'amour, ainsi que les maux qu'il engendre.

Avec Brahms, il ne peut être question que de noblesse, de distinction, de grandeur, lorsqu'on parle de mélodies ; mais il ne faut pas oublier l'humour, que nous avons déjà dépeint plusieurs fois au cours de cette étude. La variété la plus grande règne dans les *Lieder*, bien qu'ils appartiennent tous à la même famille. On a reproché à Brahms ses tierces et ses sixtes, ses accords brisés, son procédé de faire enjamber l'harmonie, l'abus des rythmes binaire et ternaire, etc... On ne s'est pas aperçu que ce sont ces inventions, si petites soient-elles, qui, en dehors de la beauté de ses thèmes, lui constituent une originalité marquée. Quel bonheur pour un artiste d'avoir introduit en art une note nouvelle ! Cette note n'est peut-être que l'écho de celle qui résonna antérieurement ; mais elle vibre autrement, et c'est ainsi qu'elle nous retient, nous captive et nous semble avoir un attrait nouveau.

En abordant le grand *Lied*, dans la *Magelonne* de Tieck, Brahms a pu donner un développement plus étendu à l'expression du sentiment. Il est à remarquer à quel point sa forme musicale est adéquate aux textes qu'il avait à traduire.

Dès les premières mélodies dédiées à Bettina d'Arnim, on peut juger combien juste d'accent est ce Lied « *Fidèle en amour* », sur la poésie de Robert Reinick (op. 3, nº 1), dans lequel un jeune cœur refuse « de noyer dans la mer un amour ferme comme le roc ». Presque toutes les pages vocales (op. 3, 6, 7), composées ou publiées dans les années 1853 et 1854 sont d'une aimable fraîcheur et établissent très nettement les merveilles d'invention de l'accompagnement. L'année 1861 amène la création des *Lieder und Romanzen* (op. 14), entièrement consacrées au Volkslied, dont le caractère populaire est admirablement rendu ; nous les avons déjà cités en parlant des *Lieder* empruntés par Brahms à la poésie populaire.

Est-il rien de plus fin que les « Cinq Poèmes » (op. 19) datant de l'année 1862 et portant ces titres : *Le Baiser* (Hölty), *Partir et finir* (Uhland), *Au loin* (Uhland), *Le Forgeron* (Uhland), si fortement rythmé, *A une harpe éolienne* (Mörike). Encore plus délicats sont les *Lieder et chants* sur les poésies d'Auguste de Platen et de Daumer (op. 32). Ils sont au nombre de neuf : quelques-uns d'entre eux ont déjà eu la faveur du public. Nous nous contenterons d'en citer deux : le second, « Ne plus aller vers toi », renferme un sentiment dramatique qui n'a pas été dépassé, dans leurs plus belles créations, ni par Schubert ni par Schumann. En la mélodie lente, expressive, du *Lied* nº 9, Brahms a divinement rendu le charme de la poésie de Hafis, la suavité de la grâce souveraine que répand la bien-aimée. L'accompagnement en croches liées de la main droite dessinant le thème, et en six doubles croches arpégées de la main gauche, inculque une langueur exquise à la mélodie.

Les beautés de la *Magelonne* de L. Tieck (op. 33), dans lesquelles le compositeur semble avoir atteint l'apogée du *Lied*, tel qu'il l'a conçu, ont déjà été célébrées. Avec les *Quatre Chants* (op. 43),on entre également en une magnifique période. En l'année 1868, Brahms fait paraître successivement les *Quatre Chants* (op. 43),*Quatre Chants* (op. 46), *Cinq Lieder* (op. 47), véritable floraison de plantes rares. Nous avons déjà cité, dans l'opus 43, *Amours éternelles* (n° 1), d'après une poésie du pays des Wendes. La *Nuit de Mai* (n° 2), sur les vers de L. Hölty, nous transporte à travers les bois, alors que la lune répand sa tremblante clarté et que le rossignol chante. La tonalité et un mouvement très lent donnent à la mélodie une langueur et une mélancolie indicibles. Est-il encore rien de plus délicat que la gentille *Berceuse* (op. 49, n° 4), avec son accompagnement si souple ?

Il est des *Lieder*, dans la série des œuvres 57, 58 et 59, publiées en 1879 et 1873, qui enchanteront à la première audition. Avec quel élan le fiancé adresse un long adieu à la vallée heureuse où vont ses rêves soucieux (op. 57, n° 1) ! Le caractère de la poésie de G. F. Daumer,laissant entrevoir les regrets douloureux de la séparation, est rendu avec un rare bonheur. Lorsque après ce premier élan,la mélodie devient plus calme,une phrase idéalement tendre et profondément troublante s'élève sur ces mots : « Là bas coule une source «, et se développe à ravir.Voici le chant: «Viens belle nuit d'été (op. 58, n° 4), sur le texte de M. Grohe : la musique en est douce et gracieuse,soutenue par un vaporeux accompagnement de douze croches liées à la mesure. Dans le même cahier (n° 8) apparaît *Sérénade*, d'après la poésie de A. Fr, von Schack. Ici,la voix s'élève, aimable et triste tout à la fois, alors que l'accompagnement en

doubles croches pointées sautille doucement. Il faut remarquer après la phrase « *Ma chanson triste et dolente dit
la plainte de mon cœur* », la souplesse de la rentrée du piano
en *diminuendo*, puis, au changement de mouvement (9/8),
la phrase caractéristique : « As-tu donc un cœur insensible? »
— Tout est calme, berceur, dans la traduction de la poésie
pittoresque de Karl Simrock : « Sur le lac » (op. 59, nº 2).
La musique accuse un mouvement de valse, et fait songer
à telle ou telle partie du recueil des *Liebeslieder* (op. 52
et 63). Quel coup de lumière dans la phrase de la deuxième
partie : « Vois, les cieux sont sans nuages ! »

A la pluie (op. 59, nº 3), sur une poésie de Claus Groth,
est une de ces délicieuses inspirations que le maître a repor-
tées dans sa musique de chambre. Le *Finale* de la *Sonate*
pour piano et violon (op. 78) n'est que la paraphrase de ce
Lied. Le léger et pittoresque clapotis du piano a même été
reproduit presque textuellement dans ce *Finale*. Un autre
Lied (op. 58, nº 2), sur le texte d'Aug. Kopisch a
été inspiré par un sujet analogue : « *Pendant la pluie.* »
Là aussi, la mélodie large et claire est effleurée par les notes
du clavier, s'échappant comme goutte à goutte. Avec quel
tact ces accompagnements descriptifs ont été créés par
Brahms ! — En cette même œuvre 59, il faudrait encore
citer le nº 8 : « *Tes yeux sont purs comme un beau soir* » ;
la mélodie est courte, mais simple et charmante.

Parmi les neuf chants de la série (op. 63), tous d'une facture admirable et d'une couleur exquise, il faut placer en
première ligne la *Chanson de jeunesse* (liv. II, nº I) : » *Mon
amour est pareil aux buissons* ». Quelle véhémence et quelle
émotion vibrante dans cette page, avec l'accompagnement
impétueux et à contre-temps du piano ! Puis on remar-
quera avec quelle diversité charmante a été traitée *Nos-*

talgie, sous les nᵒˢ 7, 8 et 9, sur les vers de Claus Gròth.

Ce sont encore des trésors incomparables que les cinq recueils (op. 69, 70, 71, 72), tous publiés en l'année 1877. Les chants sont au nombre de vingt-trois. Prenons au hasard, parmi eux : *A l'astre de la nuit* (op. 71, nᵒ 2), illustration musicale des vers de Karl Simrock. Cette invocation est une création gracieuse, empreinte de mélancolie, dont le mouvement en forme de berceuse, dans la première partie, rend bien la douceur de la poésie. Il faut reconnaître aussi quelle tendresse le compositeur a donnée à la phrase : « Laisse-moi t'ouvrir ce cœur ». Une grande partie des chants figurant dans ces cinq recueils ont été composés sur les poésies de l'Alsacien Karl Candidus. De cet auteur, il traduisit, entre autres pages, *Le Secret* (op. 71, nᵒ 3), dont la mélodie, dite *Sotto voce*, exprime admirablement le sens intime.

Il semblerait que la verve mélodique chez Brahms n'ait fait que s'accroître en la dernière période de sa vie. De l'année 1882 à l'année 1896, le chiffre des *Lieder* s'élève à soixante et onze (op. 84, 85, 86, 91, 94, 95, 96, 97, 103, 105, 106, 107, 121). Sachons nous borner en signalant, parmi cette abondante production, *Solitude champêtre* (op. 86, nᵒ 2), dont la mélodie lente, soutenue par un accompagnement pittoresque, s'élève par moments jusqu'à la passion, et *Soif d'apaisement* (op. 91, nᵒ 1), *Lied* dans lequel les traits de l'alto s'enlacent gracieusement à la voix.

Les quatre chants graves (op. 121), publiés chez Simrock à Berlin, en 1896, sur des textes de livres de l'Écriture sainte, sont les dernières compositions du maître. Il semble que l'approche de la mort ait donné à ces chants ultimes du cygne ce caractère de gravité, de tristesse, de noblesse qui est si particulier aux œuvres de Brahms : les *Chants graves* sont les dernières lueurs d'un soleil qui va s'éteindre.

N'oublions pas de mentionner encore, parmi les *Lieder* proprement dits, une mélodie composée en l'année 1872, qui ne porte aucun numéro d'œuvre : *Clair de lune* (*Mond-nacht*), sur les vers de Joseph von Eichendorff. On se souvient de l'admirable, délicate et intime mélodie (op. 39 n° 5), écrite par Robert Schumann sur ce *Clair de lune* d'Eichendorff. Il y a là un élan mystérieux de l'âme étendant ses ailes pour gagner les hautes sphères : c'est une page divine, que rend encore plus impressionnante l'accompagnement haletant du clavier. La traduction musicale de la belle poésie d'Eichendorff, par Brahms, est évidemment tout autre que celle de Schumann, plus en dedans, moins expansive peut-être, mais aussi troublante en son genre. Elle établira d'une manière frappante la différence qui existe entre le style vocal de Schumann et celui de Brahms. On pourra encore rapprocher ce lied de Brahms de la mélodie écrite par lui en l'année 1877, sur la poésie de Karl Simrock et ayant pour titre : « *A l'astre des nuits.* »

En dehors des *Lieder*, Brahms a également composé une série de morceaux pour plusieurs voix. — Voici, dans les chants de cette série, les trois *Duos* (op. 20) publiés en 1861, les *quatre Duos* (op. 28), pour contralto et baryton, dédiés à Amélie Joachim et datant de l'année 1864. Voici encore les *Quatre Duos* (op. 61) pour soprano et contralto, datant de 1874 et écrits sur les poésies d'Ed. Morike, Justinus Kerner, Gœthe et Joseph Wenzig; puis les *Cinq Duos* (op. 66), également pour soprano et contralto (1875), et enfin les *Ballades et Romances* pour deux voix (op. 75), au nombre de quatre, publiées en 1878. Elles ont été inspirées par les chants populaires écossais et bohémiens de Herder et de Joseph Wenzig, par la Légende du » Cor merveilleux de l'enfant » et la « *Nuit de Walpurgis* » de Willibald Alexis.

Si l'on aborde le recueil des *Quatuors* pour voix (op. 31, 64, 92, 112), on ne sera pas moins frappé de la richesse et de la variété des idées que renferment ces pages vocales, qui seront une ressource nouvelle pour les artistes qui eurent l'heureuse idée de former des « quatuors vocaux ».

Dans tous ces *Lieder, Duos, Quatuors* pour les voix, il existe une harmonie parfaite, une compréhension admirable du texte par la note, des accents tour à tour humoristiques, naïfs, passionnés, nobles et, en plus, une richesse dans les accompagnements au piano, qui pourraient amener à déclarer que les chants de Johannès Brahms sont peut-être, dans son œuvre merveilleuse, les pages qui reflètent le plus fidèlement sa personnalité. Il ne faudrait pas cependant en conclure que ses autres compositions ne portent pas les traces de cette personnalité si accusée, qui a placé le maître de Hambourg sur le même rang que les plus grands symphonistes de l'Allemagne du XIXe siècle. L'examen approfondi de ses symphonies, de ses *Ouvertures*, de ses œuvres pour chœur, soli et orchestre, de ses chœurs, a déjà révélé jusqu'à l'évidence l'unité d'inspiration personnelle qui a présidé à leur création. L'étude des autres parties de son œuvre ne fera que confirmer le caractère de ce qui est propre et particulier à son génie.

XVII. Les Concertos

Lorsque l'on juge, dans son ensemble et de haut, l'œuvre de Johannès Brahms, il ne semble pas que le maître ait pu songer un seul instant à composer des *Concertos* dans le but unique de faire prévaloir et briller la virtuosité. S'il a écrit deux *Concertos* de piano, un *Concerto* de violon et un *Concerto* pour violon et violoncelle, avec accompagnement d'orchestre, c'est qu'il a pensé, comme ses grands devanciers, les Bach, Hændel, Haydn, Mozart, Beethoven Weber, Schubert, Mendelssohn, Schumann, qu'il n'y avait pas lieu de négliger cette forme de l'art musical et qu'il était encore possible de produire, au XIXᵉ siècle, des œuvres essentiellement intéressantes et musicales pour instruments soli. En parcourant les divers *Concertos* qu'il a composés après mûre réflexion, on est frappé de l'importance que prend l'orchestre dans ces compositions. Bien que les difficultés y soient peut-être trop accumulées, notamment dans le *Concerto* pour violon, il n'en est pas moins évident que la virtuosité ne fait pas loi et que le *Concerto*, ainsi compris, devient une *Symphonie concertante* pour orchestre et instrument principal, et qu'il peut être envisagé comme un spécimen curieux de l'art musical.

En ses premières compositions pour le piano, on distingue déjà la note très caractéristique du maître, surtout ses tendances très marquées pour l'orchestration. Cette particularité ne fait que s'accentuer jusqu'au superbe *Concerto* en *ré* mineur (op. 15), dont la partie de piano est d'une polyphonie étonnante en regard de la partie d'orchestre si puissante, si merveilleusement traitée. Ce premier *Concerto* pour piano date de l'année 1861, époque à laquelle Brahms n'avait que vingt-huit ans, et il accuse une maîtrise complète. Une œuvre d'une architecture aussi solide renferme de telles nouveautés dans la conception, une telle variété dans l'exposition des thèmes tour à tour graves, mélancoliques et passionnés, tout en se rattachant au passé, que l'on approuvera ceux qui, les premiers, appelèrent Brahms un successeur de Beethoven et de Schumann. L'œuvre est d'un style noble, d'un travail serré et d'amples proportions. Dans le *Maëstoso*, l'orchestre est admirable de puissance, de grandeur, et le piano lui-même n'intervient qu'en des formes très symphoniques. La poésie la plus intense, la plus profonde se dégage de l'*Adagio*, dont la mélodie est aussi lumineuse que les harmonies sont délicieusement fondues. Le *Rondeau final*, exposant un thème curieux de rythme, se maintient dans une allure des plus énergiques.

Un espace de vingt et un ans sépare le premier du deuxième *Concerto* pour piano (op. 83), qui fut édité en 1882. Nous donnerions volontiers la préférence à l'opus 15. Dans ce second *Concerto*, on découvre bien deux parties absolument parfaites : l'*Allegro appassionato*, sorte de pastorale mélancolique, dans laquelle le clavier dialogue spirituellement avec l'orchestre, et qui est entrecoupée d'épisodes où les rythmes sont d'une innovation rare, puis l'*Allegretto grazioso* (Finale), dans lequel le thème principal, confié dès le début au piano, est d'une légèreté ravissante, se développant clairement et brillamment. On dirait, par moments,que l'auteur a eu en vue tel motif populaire en vogue chez les tziganes et que, dans une phrase langoureuse,

s'épanouissant vers la conclusion, il a songé à quelques-
uns de ses beaux *Lieder*. L'*Allegro non troppo* et l'*Andante*
ne sont pas, malgré une orchestration de premier ordre,
aussi bien venus. Les idées se dégagent moins clairement,
surtout dans la première partie, un peu longue, remplie
de difficultés pianistiques. Dans l'*Andante*, le violoncelle
solo a un rôle important (1).

Entre les deux *Concertos* pour piano, prend place le
Concerto en *ré* majeur pour violon (op. 77), paru en 1879.
L'œuvre dédiée à Joseph Joachim est divisée en trois
parties : *Allegro non troppo,— Adagio,—Allegro giocoso ma
non troppo vivace*. Si l'on compare le *Concerto* pour violon
de Brahms avec les concertos écrits uniquement pour faire
valoir la technique de l'instrument, on n'arriverait pas,
sans nul doute, à prouver que le premier surpasse les seconds
en difficultés. Mais, si l'on envisage l'œuvre au point de
vue musical pur, on conclura que Brahms eût été mieux
inspiré s'il avait évité des traits aussi tourmentés qu'in-
grats pour le violon. Cette réserve faite, il faut reconnaître
que le *Tutti* orchestral par lequel débute l'*Allegro non
troppo* est empreint de grandeur, dessinant le thème lumi-
neux que reprendra le violon principal après la cadence en
point d'orgue qui clôt les traits du premier solo. C'est, du
reste, le thème dominant en cet *Allegro non troppo*, autour
duquel évoluent les épisodes secondaires. Le motif de l'*Andante*,d'un caractère pastoral,est présenté par le hautbois ;
le violon solo brode d'agréables variations. L'*Allegro giocoso* (Finale),où fleurissent de nombreux traits en doubles

---

(1) Les deux *Concertos* pour piano ont été présentés pour la première
fois à Paris aux Concerts Lamoureux par M. L. Diemer. le premier le 4
novembre 1900, le second le 2 novembre 1902.

cordes, est plein d'entrain ; toutefois, son allure est plutôt modérée qu'accélérée.

Le *Concerto* en *la* mineur, pour violon, violoncelle et orchestre (op. 102), date de la dernière période de la vie du compositeur. Il a été publié à Berlin en l'année 1888. La préoccupation du mécanisme et de la virtuosité se fait moins sentir que dans le *Concerto* de violon : c'est une œuvre absolument musicale, dont on ne saisira peut-être pas immédiatement le charme et la grandeur, mais qui finit par s'imposer, comme toutes les compositions générales s'éloignant des sentiers battus. L'*Allegro*, écrit dans la forme classique, accuse toutefois une notre très moderne et personnelle ; l'idée mélodique plane, puissante et charmeuse, en cette belle page mélodique. L'*Andante* est une des nobles inspirations du maître ; l'intensité du sentiment et de l'expression y est aussi frappante que la beauté des sonorités. Enfin le *Vivace non troppo* est bâti sur deux thèmes de caractère différent, merveilleusement traités et développés (1).

---

(1) Le *Concerto en la mineur* pour violon, violoncelle et orchestre a été interprété pour la première fois en France aux Concerts populaires d'Angers, dans le mois de décembre 1892.

XVIII. La Musique de chambre

Dans la musique de chambre, Brahms s'est bâti un royaume où il était libre. Tout ce qui débordait en lui, les élans mystérieux de l'âme, le cri de la passion, les joies, les tristesses, la verve homoristique, apparaît en toute plénitude. Là, comme dans ses *Lieder*, est le plus bel épanouissement de son génie. Il a fait cette musique si vraie, si débordante de vie, si puissante, si humaine, qu'elle est une révélation de tout ce qui se passe en nous et que, souvent, nous ne pouvons définir. Le charme opère sur tous les esprits aptes à en saisir la grandeur. En écoutant cette œuvre, enfantée avec amour dans une Thébaïde, il n'est pas possible de déclarer que l'auteur ait été l'esclave de la formule ; car elle est empreinte de vie et de lumière. Comme tous les hommes de génie, Brahms aura oublié les règles qu'il connaissait et qu'il respectait, pour ne laisser apparaître que la beauté se dégageant de l'action de la forme.

Ses œuvres de musique de chambre, sans être nombreuses, ne s'élèvent pas à moins de vingt-quatre. Avant de les passer en revue, on doit en donner la nomenclature : trois *Sonates* pour piano et violon, deux *Sonates* pour piano et violoncelle, deux *Sonates* pour piano et clarinette (ou alto), trois *Trios* pour piano, violon et violoncelle, un *Trio* pour piano, violon et cor (ou violoncelle), un *Trio* pour piano, violoncelle et clarinette)ou alto(, trois *Quatuors* pour piano,

11*

violon, alto et violoncelle, trois *Quatuors* pour deux violons, alto et violoncelle, un *Quintette* pour piano, deux violons, alto et violoncelle, deux *Quintettes* pour deux violons, deux altos et violoncelle, un *Quintette* pour deux violons, alto, violoncelle et clarinette (ou alto), deux *Sextuors* pour deux violons, deux altos et deux violoncelles.

Brahms a écrit trois *Sonates* pour piano et violon (op. 78, 100, 108). La première date de l'année 1880, la seconde de 1887, la troisième de 1889 ; le compositeur était âgé de quarante-sept ans lorsqu'il termina la première. Toutes les trois sont de délicieux tableaux dans lesquels la note austère est tempérée par une grâce exquise et par une passion souvent débordante ; elles continuent heureusement et harmonieusement les deux belles *Sonates* pour piano et violon de R. Schumann. Si, dans ces dernières, la fermeté de l'architecture, le développement des thèmes, la persistance de l'idée première s'accusent davantage, en revanche les *Sonates* de Brahms semblent marquer plus de souplesse plus de la grâce ondoyante de ses *Lieder*, dont le maître de Hambourg a si souvent évoqué le souvenir ou introduit le style dans nombre de ses œuvres. Il semble que tel thème ne soit qu'une mélodie dont il ait élargi le sens, dont il ait modifié ou agrandi l'accent. C'est un des côtés significatifs de l'œuvre de Brahms sur lequel il est bon d'insister, tant il fait partie de cet ensemble d'innovations, d'applications heureuses, d'ingénieuses combinaisons dont quelques-unes ont déjà été signalées, et qui sont en partie la caractéristique de son génie.

N'est ce point la mélancolie d'un joli *Lied* qui se dégage du thème initial dit *mezzo voce*, par le violon, dans la première partie de la *Sonate* (op. 78), alors que le second thème (*con anima*) a la franchise, la joie de l'espérance ? Remar-

quez également comme l'emploi de la mesure à 6/4, chère
à l'auteur, ajoute à l'élasticité, à la flexibilité de ses mélodies. Mais l'on trouve, d'une façon encore plus rappante,
l'application de sa musique vocale dans le motif principal
de l'*Allegro final* de la même *Sonate*, puisqu'il n'est autre
que l'*Eloge de la pluie*, tiré des *Lieder und Gesänge* (op.
59), n°s 3 et 4. Il faut entendre d'abord le svelte et pittoresque accompagnement du clavier, en doubles croches
liées, s'émiettant au dessous de la douce et rêveuse mélodie,
puis le ravissant dialogue qui s'établit entre les deux instruments dans le cours de cet *Allegro molto moderato*. L'*Adagio*
à 2/4, placé entre la première et la dernière partie, est une
création superbe, en laquelle prédomine l'attrait qu'eut
toujours le compositeur pour le cor. Le thème du début,
présenté par le piano *poco forte espress.*, repris par le violon, possède le sentiment de tristesse et de mystère de cet
instrument, qui fut également un des préférés de Ch.-
Marie de Weber ; il s'accusera encore davantage lorsque,
après l'explosion du second motif en majeur, rempli de
bravoure, le violon ramènera mystérieusement le premier
motif, mais cette fois en doubles cordes, auquel l'accompagnement en rythme ternaire du piano viendra ajouter
de la souplesse. Cet *Adagio* est une des nombreuses pages
qui, dans l'œuvre du maître, accusent fortement sa manière.

Comme la première, la seconde *Sonate* pour piano et
violon (op. 100) ne renferme que trois parties, contraire-
ment à la tradition classique, qui imposait les quatre divi-
sions (*Allegro, Andante* ou *Adagio, Menuet* ou *Scherzo,
Finale*). Il est vrai que, dans cet opus 100, le second morceau se compose de deux parties très distinctes, la première
un *Andante tranquillo* à 2/4, délicieux conte de fées, et la
seconde, un *Vivace* à 3/4, qui peut tenir lieu de *Scherzo*;

c'est ce morceau déjà signalé comme un heureux mélange
de tendresse et d'humour. L'*Allegro* a un caractère aimable,
tranquille ; il doit être exécuté dans un mouvement plutôt
lent. On y rencontre encore un exemple frappant de l'emploi
simultané des rythmes binaire et ternaire, notamment
dans le passage dialogué entre le piano et le violon, avec
l'indication *teneramente*, ce qui inculque à la phrase mélodique un balancement des plus gracieux. Le Flnale est
un Allegretto grazioso, se maintenant en un mouvement
d'Andante, dont la phrase initiale, dessinée sur la quatrième corde par le violon, est remplie de grandeur et d'élan,
suivie d'appels très curieux entre les deux instruments,
qui ramènent le même motif ; puis, après un développement plein d'intérêt, se présente, à la quatre-vingtième mesure, une phrase mélodique, toute de tendresse passionnée,
qui n'est que la paraphrase d'un de ses beaux Lieder, et
qui va s'agrandissant jusqu'à la conclusion très chaleureuse.

La troisième et dernière *Sonate* (op. 108) en *ré* mineur,
est dédiée à Hans de Bülow ; elle comprend la division
ancienne en quatre parties. Dans la première, portant le
titre d'*Allegro*, le thème initial, dit *sotto voce* par le violon,
d'un sentiment rêveur, se maintient presque exclusivement
avec des variantes et des développements, dont le plus
caractéristique, et très particulier à Brahms, est le passage
en croches liées, *pianissimo*, se présentant à la quatre-
vingt-quatrième mesure. L'*Adagio* à 3/8, de courte dimen-
sion, est une de ces pages beethoveniennes, bien qu'ani-
mées d'un souffle absolument personnel, qui placent Brahms
si haut dans le cycle des grands maîtres de l'art musical.
Bien original est également le *Poco presto* à 2/4 qui
suit : c'est une merveille de grâce, d'enjouement, de délicatesse, de légèreté, une fantaisie ailée, avec les traits en

contre-temps, qui en sont comme le caractère dominant et les fusées en doubles croches liées du piano. La conclusion est vraiment magistrale et émouvante : c'est une sonnerie allègre du cor que fait entendre le violon, avec des triolets en doubles cordes, au début du *Presto agitato*, et qui se répercutera en toute cette page passionnée et mouvementée.

XIX. Conclusion

Après avoir, dans la première partie de ce livre, étudié
la vie, le caractère, la physionomie de J. Brahms, nous
avons, dans la deuxième partie, interrogé ses œuvres.
Elles ont répondu victorieusement et ont marqué la nature
de son génie.

Parvenu au terme de cette étude, nous voudrions,
avant de nous séparer d'un grand homme, jeter un regard
d'ensemble sur son œuvre.

Ecoutez une des nobles pages de Johannès Brahms.
Elle vous avertit que vous êtes en présence d'un artiste
qui fut lui même fort attentif et méditatif. Ecoutez-la un
long temps : nul effort apparent, nulle trace d'imitation
de tel ou tel maître antérieur, mais le respect des hautes
traditions, la révélation d'un penseur original dès le début
de la carrière, une organisation vraiment créatrice, des
pensées nobles, austères, profondes, fines, humoristiques,
un penchant marqué pour le Folklore, et surtout pour les
airs hongrois ou bohêmes, la beauté et l'originalité des
thèmes qui lui sont propres et toujours fortement en-
chaînés, l'entente heureuse des oppositions, des contrastes,
des combinaisons piquantes, des changements d'accents
imprévus, l'art des transitions habilement ménagées et
des modulations, la flexibilité et la variété du rythme.
Brahms n'est pas seulement un technicien de premier ordre,
mais il est un penseur profond, ingénieux, passionné, un

merveilleux observateur de l'âme humaine. Il est le dernier des grands symphonistes du XIXᵉ siècle.

Par l'architecture de sa musique, par le sentiment profond qui s'en dégage, Brahms s'éloigne de l'école purement pittoresque. Ses hautes qualités le placent bien plutôt à côté de Bach, de Beethoven, de Schumann, que près de Berlioz ou de Wagner.

La seule puissance de la note générale de son œuvre impose le respect et l'admiration.

Examinez sans parti pris les musiciens qui l'entourent au XIXᵉ siècle, en mettant hors de pair R. Schumann, et demandez-vous si, chez J. Raff, Rubinstein, Niels Gade, Bruckner et chez tant d'autres, vous trouvez une semblable grandeur, une émotion aussi communicative, une telle maîtrise dans la façon de concevoir, en un mot un art aussi magistral.

Les races latines ont toujours eu un véritable effroi du génie allemand, aussi bien en littérature qu'en musique. Elles demandent la clarté, l'idée, la netteté de la forme ; mais elles semblent oublier que la musique, cet art né d'hier, essentiellement beau parce qu'étant vague, laisse toute latitude à l'imagination et a subi des transformations successives qui n'ont été en réalité que sa mise à l'unisson de la pensée moderne. Nos littérateurs, les Mus et, Baudelaire, Renan, Taine, Leconte de Lisle. P. Bourget, Sully-Prudhomme, ont créé, à l'exemple de Gœthe, Byron, Léopardi, Schopenhauer, Amiel, un monde de sentiments qui, jusqu'à eux, avaient été à peine entrevus. Ils ont cherché à scruter les ténèbres de la tombe et l'au-delà des misères humaines.

Brahms fut un des traducteurs de cet état de notre esprit au XIXᵉ siècle. Il a paraphrasé peut-être avec au-

tant d'amertume que Schumann cette phrase de Lamennais;
« Mon âme est née avec une plaie ». Mais, suivant en cela
l'exemple de ce dernier, et de son modèle Beethoven, il
a su trouver des pensées empreintes de consolation et d'espérance. Il a eu surtout, pour la muse, des adorations qui
ne se sont point démenties, un respect pour l'art, qui n'a
jamais fait dévier sa plume. C'est ainsi qu'un artiste devient grand, qu'il s'impose peu à peu aux hommes aptes
à marcher dans les mêmes voies que lui, en leur inculquant,
par sa ténacité dans le « sublime », des vérités d'autant plus
difficiles à accepter qu'elles ne sont point fardées, et qu'elles
n'ont rien de commun avec ce que les foules préfèrent....
la banalité !

Brahms a parlé la grande langue de la patrie allemande.
Toute l'intimité de son esprit et de son cœur s'est mani-
festée à travers son œuvre. Mais cette œuvre a déjà passé
les frontières du pays natal ; elle deviendra universelle,
parce qu'elle contient en elle les germes de la beauté, qui
devient une religion chez les êtres de race différente, mais
de compréhension artistique identique. Gœthe était dans
le vrai lorsque, dans ses entretiens avec Eckermann, il
disait : » Le poète, comme homme, comme citoyen, doit
aimer sa patrie ; mais la patrie de sa puissance poétique,
de son influence poétique, c'es: le bon, le noble, le beau,
qui n'appartiennent à aucune province spéciale, à aucun
pays spécial et qu'il saisit et développe là où il les trouve.
Il ressemble en cela à l'aigle, dont le regard plane librement
au-dessus des diverses contrées, et à qui il est indifférent
que le lièvre sur lequel il se précipite coure en Prusse ou
en Saxe. » L'œuvre d'art qui est, suivant la belle définition
d'Ernest Hello, « l'expression sensible du beau », pourra
refléter très sensiblement l'esprit de la race qui la vit naître;

mais, en raison de sa beauté rayonnante, elle deviendra sans patrie spéciale. Elle est au-dessus des nationalités.

L'œuvre des Beethoven, Schumann, Berlioz, Wagner, Brahms éclaire le monde entier.

LISTE DES ŒUVRES DE BRAHMS

Op.
1. Sonate pour piano, en *ut majeur*.
2. Sonate pour piano, en *fa dièze mineur*.
3. Six lieder.
4. Scherzo pour piano en *mi bémol mineur*.
5. Sonate pour piano en *fa mineur*.
6. Six lieder.
7. Six lieder.
8. Trio en *si*, pour piano, violon et violoncelle.
9. Variations pour piano, sur un thème de Schumann. en *fa dièze mineur*.
10. Quatre ballades pour piano.
11. Sérénade en *ré* pour grand orchestre.
12. *Ave Maria* pour voix de femmes, orchestre et orgue.
13. Hymne funèbre pour chœurs et instruments à vent.
14. Huit lieder et romances.
15. Concerto en *ré mineur*, pour piano et orchestre.
16. Sérénade en *la*, pour orchestre réduit.
17. Quatre chants pour chœurs de femmes, deux cors et harpe.
18. Sextuor en *si bémol*, pour instruments à cordes.
19. Cinq poèmes pour chant, avec piano.
20. Trois duos pour soprano et alto, avec piano.
21. Variations pour piano : I, sur un thème original ; II, sur une mélodie hongroise.
22. Sept «Marienlieder» pour chœur mixte.
23. Variations en *mi bémol*, pour piano à 4 mains, sur un thème de Schumann.

Op. 24. Variations et fugue pour piano, sur un thème de Haendel.

25. Quatuor en *sol mineur*, pour piano et instruments à cordes.

26. Quatuor en *la majeur*, pour piano et instruments à cordes.

27. Psaume XIII, pour trois voix de femmes, avec orgue ou piano.

28. Quatre duos pour alto et baryton, avec piano.

29. Deux motets, pour cinq voix, *a capella*.

30. Chant sacré, par Paul Flemming, pour chœur mixte et orgue.

31. Trois quatuors pour soprano, alto, ténor et basse.

32. Neuf lieder.

33. Quinze romances de la Magelone de Tieck, pour chant et piano.

34. Quintette en *fa mineur*, pour piano et instruments à cordes.

34 *bis*. Sonate pour deux pianos, extraite du précédent.

35. Vingt-huit variations (studien), pour piano, sur un thème de Paganini.

36. Sextuor en *sol majeur*, pour instruments à cordes.

37. Trois chœurs sacrés, pour voix de femmes, *a capella*.

38. Sonate en *mi mineur*, pour piano et violoncelle.

39. Seize valses à 4 mains, pour piano.

40. Trio en *mi dièze*, pour piano, violon et cor (alto ou violoncelle).

41. Cinq lieder pour 4 voix d'hommes.

42. Trois chœurs à six voix, *a cappella*.

43. Quatre lieder.

44. Douze lieder et romances pour chœurs de femmes, *a capella*.

45. *Requiem* allemand, pour soli, chœurs et orchestre.

46. Quatre chants.

47. Cinq lieder.

43. Sept lieder.

49. Cinq lieder.

Op.   50.   *Rinaldo*, cantate d'après Gœthe, pour ténor solo, chœur d'hommes et orchestre.

51.   Deux quatuors à cordes, en *ut mineur* et *la mineur*.

52.   Liebeslieder-Walzer (*valses chantées*, pour piano à quatre mains et pour quatre voix solo.

53.   *Rhapsodie* : fragments de la « *Harzreise* » de Gœthe, pour alto solo, chœur d'hommes et orchestre.

54.   Schicksalslied (*chant du Destin*), pour chœur et orchestre.

55.   Triumphlied pour chœur à trois voix et orchestre.

56   *a*. Variations sur un thème de Haydn, pour orchestre.

56   *b*. Les mêmes pour deux pianos.

57.   Huit lieder.

58.   Huit lieder.

59.   Huit lieder.

60.   Quatuor (n° 3) en *ut mineur*, pour piano et instruments à cordes.

61.   Quatre duos pour soprano et alto.

62.   Sept lieder pour chœur mixte, *a capella*.

63.   Neuf lieder.

64.   Trois quatuors pour 4 voix solo et piano.

65.   Neue Liebeslieder (*valses chantées*).

66.   Cinq duos pour soprano et alto.

67.   Quatuor à cordes, en *si bémol majeur*.

68.   Symphonie nᵉ 1, en *ut mineur*.

69.   Neuf lieder.

70.   Quatre lieder.

71.   Cinq lieder.

72.   Cinq lieder.

73.   Symphonie n° 2, en *ré majeur*.

74.   Deux motets pour chœur mixte (*a capella*).

75.   Deux ballades, pour deux voix.

76.   Huit pièces pour piano (*caprices* et *intermezzi*).

77.   Concerto en *ré majeur*, pour violon.

78.   Sonate en *sol majeur*, pour piano et violon.

79.   Deux rapsodies pour piano.

80.   Ouverture de fête académique pour orchestre.

Op. 81. Ouverture tragique pour ochestre.

82. « Naenie » pour chœur et orchestre.

83. Concerto pour piano, en *si bémol majeur*.

84. Cinq lieder pour une ou deux voix.

85. Six lieder.

86. Six lieder pour voix de basse.

87. Trio en *ut majeur*, pour piano et instruments à cordes.

88. Quintette en *fa majeur*, pour instruments à cordes.

89. Chant des Parques, pour chœur à 6 voix.

90. Symphonie en *fa majeur* n° 3.

91. Deux lieder pour alto avec violon *obligato*.

92. Quatre quatuors mixtes, avec piano.

93 *a*. Chants et romances, pour chœurs à 4 voix, *a capella*.

93 *b*. Ronde pour chœur mixte avec piano.

94. Cinq lieder pour voix de basse.

95. Sept lieder.

96. Quatre lieder.

97. Six lieder.

98. Symphonie n° 4, en *mi mineur*.

99. Sonate en *fa majeur*, pour violoncelle et piano.

100. Sonate en *la majeur*, pour violon et piano.

101. Trio en *ut mineur*, pour piano et instruments à cordes.

102. Concerto en *la mineur*, pour violon et violoncelle avec orchestre.

103. Zigeunerlieder, pour quatuor vocal et piano.

104. Cinq chants pour chœur mixte.

105. Cinq lieder pour voix de basse.

106. Cinq lieder.

107. Cinq lieder.

108. Sonate en *ré mineur*, pour piano et violon.

109. Fest-und Gedensprüche pour chœur à 8 voix, *a capella*.

110. Trois motets pour chœur à 4 et à 8 voix.

111. Quintette en *sol majeur*, pour instruments à cordes.

112. Six quatuors vocaux, avec piano.

113. Treize canons pour voix de femmes.

Op 114. Trio en *la mineur*, pour piano, clarinette (ou alto) et violoncelle.

115. Quintette en *ré majeur*, pour clarinette (ou alto) et instruments à cordes.

116. Sept fantaisies (*intermezzi et capricci*) pour piano.

117. Trois intermezzi pour piano.

118. Six morceaux de piano (intermezzi, ballade et romance) pour piano.

119. Quatre morceaux de piano (intermezzi et rhapsodie) pour piano.

120. Deux sonates pour piano et clarinette, en *fa mineur* et en *mi majeur*.

121. Quatre chants sérieux (Vier ernste Gesänge) pour basse.

ŒUVRE POSTHUME

122. Onze préludes pour orgue.

ŒUVRES NON NUMÉROTÉES

Quatorze Volkskinderlieder.

Mondnacht, chant.

Ungarische Tänze, pour piano à quatre mains, quatre cahiers.

Studien, pour piano (n° 1. Etude en *fa mineur* de Chopin, arrangée en sixtes ; n° 2. Mouvement perpétuel en *ut majeur* de Weber, avec le chant à la main gauche ; n°s 3 et 4, deux arrangements d'un Presto de Bach ; n° 5 Chaconne de Bach, pour main gauche seule.

Deutsche Volkslieder, sept cahiers.

Cinquante et un exercices pour piano.

Version revisée du trio, op. 8.

Gavotte en *la majeur*, de Gluck, arrangée pour piano.

Ouverture de *Henri IV*, de Joachim, arrangée pour deux pianos.

Brahms trouva le temps, au milieu de ses travaux les plus importants, de faire paraître la belle édition des pièces pour clavecin de Couperin (quatre volumes, réduits, par la suite, en deux volumes). On dit aussi qu'il est l'auteur des parties de basse figurée, des deux sonates pour piano et violon de C. P. E. Bach, publiées par Rieter-Biedermann.

TABLE

Caen. — Imprimerie Ch. VALIN, 13, rue Ecuyère.

LIBRAIRIE FISCHBACHER, 33, RUE DE SEINE, PARIS

www.ingramcontent.com/pod-product-compliance
Lightning Source LLC
Chambersburg PA
CBHW070904030726
47504CB00005B/1447